FRAMMENTI

RACCOLTA DI RACCONTI

DISORDER

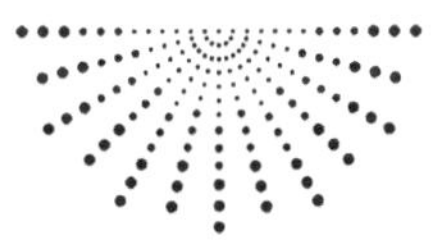

DANIELA BARISONE
KOORIME YU

Editor:
JULS SK VERNET

FRAMMENTI
Daniela Barisone - Koorime Yu

Copyright © 2024 by Lux Lab
luxlabbooks.com
Prima edizione - Gennaio 2024
ASIN Ebook: B0CQKS6PD6
ISBN paperback: 9791281525191
Impostazione grafica, impaginazione, illustrazioni interne e progetto copertina:
Daniela Barisone

TRAMA

In questa raccolta di tre racconti, c'è un'ulteriore esplorazione delle molteplici sfaccettature della serie *Disorder*, con momenti prima e dopo il volume di *Distorsioni* che vanno ad ampliare l'universo narrativo di **Fabrizio, Mimì** e **Cesare**.

PALCO: Agli inizi della loro carriera, i Disorder si esibiscono in posti più o meno ridicoli e per una sera il loro palco si ritrova a essere quello di una discoteca. Mimì convince Fabrizio a spogliarsi sul palco per attirare più pubblico, ma rimane invischiato in quello che prova subito dopo.

CONCERTONE: La prima volta che Cesare assiste a un concerto dei Disorder è per puro caso. Ossessionato dal cantante - e dalla sua maglietta che è riuscito a rimediare - muove i primi passi della scelta che cambierà la sua intera esistenza.

PAROLA: L'Asnaghi non gradisce particolarmente che la prima parola di sua figlia non sia "papà", bensì "Bicio" per colpa di Mimì.

A quella foto di pura gioia da cui è nato tutto
E a quegli occhi da cacciabombardiere che l'hanno fatto crescere
Koorime Yu

A M., D. ed E., che non hanno la
minima idea di aver ispirato questa
storia (e forse è meglio così).
Daniela

PLAYLIST

tinyurl.com/Distorsioni

Vuoi scoprire tutto il mondo dei **Disorder**? Trova tutti i loro album, EP e singoli sul loro sito: **https://disordermusic. carrd.co/**

In questo sito troverai, oltre che a tutti i titoli della serie, anche le cover (fanfiction e AU).

isorder

PALCO

CAPITOLO UNO

Milano – 1989

"Ma che è tutta 'sta gente?" domanda Mimì, stupefatto.

Fabrizio dà un'occhiata a sua volta all'interno della sala e sgrana gli occhi. "Ma che ne so?"

Sono al Jungle, una discoteca incastonata tra Magenta e Trecate, una cattedrale nel deserto che di giorno sembra cadere a pezzi da un momento all'altro, ma che di notte si anima attirando ragazze e ragazzi della loro età da tutti i paesi limitrofi. Ci sono andati a ballare qualche volta, lui e Mimì. E ci hanno anche trovato discreta compagnia, deve ammettere. Un sacco di figa, sebbene non sia la cosa che a lui interessi, visto che quello che vuole è al suo fianco e ha il cazzo al posto della figa.

Tuttavia è la prima volta in assoluto che sono lì per suonare e a momenti Fabrizio ci rimaneva di stucco per la sorpresa. Ma il proprietario, Giovanni, è un amico di Mimì e per qualche misteriosa ragione ha trovato super intelligente l'idea di far suonare un gruppo rock sconosciuto in un posto dove invece si sparano solo musica elettronica e house via endovena.

Sarà un disastro.

In pista suona *Good Life* degli Inner City, un brano che spacca ormai da qualche settimana e che non c'entra un cazzo con quello che suonano i Disorder.

"Ma questi lo sanno che stasera suoniamo noi?" domanda a Mimì, che gli sta di fianco, troppo vicino eppure non abbastanza. Riesce a sentire il suo profumo pure lì, in quel posto pieno di gente sudata, in uno stanzone che è già vittima dell'effetto stalla a serata appena iniziata.

Mimì scuote la testa. "Mah. Secondo me no."

"Lo sai che andrà di merda, sì?" replica lui, guardandolo in tralice. "Come manteniamo l'attenzione di questi tizi?"

"Fammi pensare…" Mimì storce le labbra. I suoi occhi scandagliano la sala gremita, vedendo le stesse cose che vede lui, ovvero un pubblico del tutto inadatto. "Ho una mezza idea. Forse. Ma dipende da te."

Un attimo dopo in pista parte *She drives me crazy* dei Fine Young Cannibals e, nonostante il corpo di Fabrizio inizi a muoversi contro la propria volontà, la convinzione di essere nel posto sbagliato al momento sbagliato si fa sempre più potente. "Cioè?"

Mimì gli indica il centro della discoteca, dove c'è il gruppo più nutrito di ragazze. "Intanto ti spogli."

"*Cosa?*" esclama di rimando, basito da quella proposta.

"Ti spogli. Non nudo, ma mentre suoniamo ti togli un pezzo per volta. Giacca, camicia, canotta. Devi rimanere *biotto*."

"Ma te sei scemo."

"No, sono serissimo." Mimì si volta verso di lui e lo afferra per le braccia. Gli tasta i muscoli, osservandolo da cima a piedi. Deve alzare lo sguardo, perché Fabrizio non ha ancora vent'anni, ma già supera Mimmo di una spanna abbondante. "Guarda qui che roba. L'ho notato quando sei tornato dal militare, in realtà. Sei in forma, sei bello e le ragazze ne andranno pazze. Per i capelli non posso fare miracoli, invece."

Gli passa pure una mano sulle ciocche che stanno ricrescendo. I suoi riccioli, sacrificati sull'altare della Patria al militare l'anno prima, stanno tornando, ma al momento ha in testa un casino. Anche nella mente, se è per questo.

"Ma te sei scemo se pensi che mi spoglio sul palco."

"Perché no, scusa?"

"Primo perché è dicembre?"

Mimì sbuffa. "Figa, Bicio. Hai diciannove anni, non ottanta-due. E poi lo senti che caldo che fa qua dentro?"

Un punto per lui, bastardo.

"Ok, ma poi? Ok, sarò pure in forma, ma essere sexy è un'altra cosa."

"Ma tu lo sei…" Mimì si blocca e gli accarezza un pettorale, prima di sollevare la mano di scatto e colpirgli la punta del naso con l'indice. "Tu non ti rendi conto di quanto sei affascinante, alle volte. Fidati di me, so cosa piace alle ragazze."

"Alle tipe piaci tu, di solito."

Mimì scoppia a ridere. "Ma se metà delle volte che ho rimorchiato è perché ti ho portato con me! Fidati, Bicio. Fai quello che ti dico e andrà bene."

Fabrizio non è per niente convinto. Perché spogliarsi per il pubblico non gli va particolarmente a genio. "Dovrebbero essere felici per la musica, non perché sono nudo."

"Sì sì e la cultura è morta. Smettila di fare il bambino. Dobbiamo anche venderci e questa è l'unica cosa che mi viene in mente per salvare la serata," brontola Mimì, incrociando le braccia al petto. "Fallo per me, dai. Fai il bravo ragazzo."

Un brivido scorre lungo la spina dorsale di Fabrizio a quelle parole. Lo prende dalla nuca e va dritto alla schiena, al culo. Lo sente nelle palle, come una scossa elettrica e lui *lo sa* che finirà a fare qualsiasi cosa Mimì gli chieda, perché sì. Vuole essere il suo bravo ragazzo.

"Va bene," mormora, abbassando lo sguardo. Vorrebbe di nuovo la mano dell'altro addosso, ma sa che è pura utopia. Mimmo Colombo non è frocio. "Però…"

"Cosa?"

"Secondo me dovresti farlo anche tu."

Mimì inarca un sopracciglio biondo e ha anche l'ardire di sogghignare dopo qualche secondo di silenzio. "Beh, non è un'idea del cazzo. Due sono meglio di uno, in effetti."

"Facciamo spogliare anche l'Asnaghi?"

"Adesso non sparare troppe stronzate tutte insieme," ridacchia. "Chi se lo incula Luca."

In effetti.

CAPITOLO DUE

Salgono sul palco e iniziano a suonare. Mimi spera che la sua idea abbia successo.

Lui *sa* che ha ragione, lo vede come lo guardano le ragazze – e sa quello che sente lui stesso quando guarda Fabrizio. Anche adesso, mentre lo osserva avvicinarsi al microfono e salutare il pubblico sente lo stomaco sottosopra e i polmoni che fanno fatica a respirare.

C'ha l'ansia e non è a causa del concerto.

Certo, è nervoso per quello, ma guardare Bicio è un'altra cosa.

Fa scivolare lo sguardo sul culo di Bicio e si sente arrossire, che stupido.

Lui l'ha avuto quel culo, ci si è sepolto dentro ed è stato bellissimo.

Vorrebbe farlo ancora, vorrebbe andare da Bicio e dirgli "Ehi, rifacciamolo," ma non ne ha il coraggio.

Anche perché se mai lo trovasse dovrebbe dirgli ben altro, tipo "Ti amo".

Non lo farà mai.

Quando Bicio inizia a spogliarsi, prima della seconda canzone, sente le ragazze della prima fila urlare.

"Cazzo, avevi ragione," sibila il ragazzo voltandosi verso di lui con un sorriso divertito sulle labbra. Mimì ghigna e gli fa l'occhiolino, perché vederlo così, con la camicia aperta e la canotta appena sudata che si intravede sotto, gli fa cose che non vuole analizzare.

Suona invece, muovendosi sul palco come fa sempre. Si avvicina a Luca e fanno la loro solita scenetta di suonare l'uno contro l'altro, come stessero facendo una battaglia all'ultima nota, cosa che fa partire un altro urlo dal pubblico, questa volta più generalizzato.

A ogni nuova canzone che fanno il numero di persone che si avvicina al palco per ascoltarli meglio aumenta, fino a coinvolgere l'intero locale, un mare di gente che salta e balla al ritmo delle loro canzoni.

E più si esaltano, più Bicio si spoglia, preso bene dal calore che stanno ricevendo.

A fine concerto, mentre suonano l'ultima canzone, Bicio si volta verso di lui e ghigna, con il microfono vicino alle labbra e gli occhi lucidi di eccitazione e divertimento.

Dio, è così bello da togliergli il fiato.

Allora si avvicina, pestando sul basso che porta al collo, nel suo assolo rubato all'Asnaghi, una volta tanto. Anche Mimì si è levato la maglietta, a un certo punto. Le urla delle ragazze sono state una delizia assoluta per le sue orecchie, nonché la conferma che puoi suonare in una discoteca o alla sagra del gorgonzola ma quello che vogliono le donne è vedere qualcuno di sexy.

Nell'ultimo brano, Bicio non suona mai. Posa la chitarra di lato e corre da una parte all'altra del palco, ma stavolta invece sta fermo, osservando l'avanzata di Mimì e muovendosi piano a tempo di musica.

"Siete dei fighi!" urla una voce femminile dal pubblico e Mimì sorride perché sì, lo sa che lo sono. Lo ha suggerito lui.

Però non sa cosa fare, perché Bicio non si schioda da lì, come invece dovrebbe fare. Allora Mimì improvvisa e gli si avvicina, suonando contro di lui. Dritto sul suo pacco coperto dai jeans.

Dio, quante cazzate che fa.

Bicio lo guarda con una certa sorpresa, ma di nuovo non si muove, lasciando che le sue nocche gli sfiorino i pantaloni. Anzi, sogghigna lo stronzo. Tanto basta a Mimì per improvvisare.

Si lascia cadere sulle ginocchia, con la schiena verso il pubblico urlante, sogghignando all'unico uomo che occupa ogni suo pensiero e tutta la sua anima.

Lì, sul palco, Mimì è intoccabile.

Ignora lo sguardo sconcertato dell'Asnaghi poco distante, non ha tempo di pensare a lui. *Non vuole* pensare a niente che non sia Fabrizio Baroni e questa sceneggiata è la cosa più simile a una serenata che potrà mai permettersi.

Quello che non si aspetta è la mano di Bicio tra i capelli e la presa ferrea che lo tiene fermo, mentre si riporta il microfono alle labbra e riattacca subito dopo il suo assolo.

Bicio canta guardandolo negli occhi, come se fossero da soli e non su un palco con davvero un sacco di persone a guardarli. Canta e Mimì si sente mancare la terra da sotto i piedi – pardon, le ginocchia – perché gli occhi di Bicio sono carichi di quel qualcosa che nessuno di loro pronuncia mai.

Dura pochi secondi, non più di un minuto, ma a lui sembrano ore in cui non stacca gli occhi da quelli dell'altro. Invece arriva il momento in cui deve alzarsi e tornare al suo posto, a distanza da Bicio, dietro di lui, a guardarlo da lontano come ha fatto per tutta la vita.

Il pubblico continua a urlare e far sentire loro quanto li apprezza, quindi quando terminano la canzone e il concerto hanno tutti un sorriso enorme stampato in faccia.

Ovviamente Bicio è il più bello di tutti e lui si sente morire per la voglia che ha di baciarlo. Soffia un bacio a una delle ragazze in prima fila, invece, e la sente urlare deliziata.

Una volta giù dal piccolo palco, recupera il pacchetto di sigarette e se ne accende una, pronto a soffocare quell'amore disperato che prova da troppo tempo.

"Ehi, mi fai fare un tiro?" sussurra Bicio, un po' troppo vicino a lui, come ogni dannata volta. Sorride ed è tutto sudato e ancora biotto. Dio, che idea del cazzo che ha avuto.

"Compratele, Baroni," dice, ma gliela passa, distogliendo lo sguardo dalla sua bocca. Non ha davvero bisogno di altre immagini che lo tormentino la notte.

"Ti offro la birra dopo, spilorcio, dai."

"Non sono spilorcio."

"Come no."

"Ehi, ordino per tutti?" domanda invece Giacomino, passando loro accanto con già un asciugamano a tamponargli il viso. È quello che suda di più.

"Sì, arriviamo. Dov'è Luca?"

"Già fuori ad amoreggiare con Alice."

Ovviamente.

Alice gli piace, è simpatica e sembra che, a discapito dei pronostici, sia davvero presa da Luca. Se deve essere onesto, non credeva avrebbe mai visto questo giorno, il giorno in cui uno come Luca Asnaghi avesse conquistato una tipa figa come Alice.

E non solo perché Alice è gnocca mentre Luca è il risultato di un incidente ferroviario tra geni, ma perché Luca è un coglione patentato, sa a stento scrivere il suo nome in corsivo e la sua più grande qualità oltre la chitarra è saper enunciare tutto l'alfabeto ruttando.

Alice invece è intelligente, divertente, ha una cultura musicale da invidia e sa pure ballare. Fa l'università, da quello che ha capito. Che cazzo ci veda in Luca lui proprio non lo capisce.

Però ehi, a quanto pare Luca scopa abbastanza bene da tenersi una figa del genere vicino. Che è assurdo e non ci crederebbe se non fosse stato a scopare nella stessa casa poche settimane prima.

Dio, che serata del cazzo quella.

Mimì si domanda se riuscirà mai a fare sesso con una donna senza immaginarsi Bicio a pecora. Scuote la testa e l'oggetto del suo desiderio lo sta fissando, con la sigaretta tra le labbra. È spenta.

"Me la accendi?" domanda Bicio.

Sono solo loro due. In quel minuscolo stanzino che usano come camerino, dove la musica dance sparata dal dj dopo di loro arriva attutita, Mimì potrebbe facilmente approfittarsi della situazione.

E per un attimo ci pensa seriamente a farlo, strappando la sigaretta dalla bocca dell'altro e accendendola nella propria. Sbuffa la prima boccata di fumo e spinge Bicio contro la parete ricoperta di stickers, numeri di telefono e frasi oscene. "Hai visto che ha funzionato la mia idea?"

Bicio è dieci centimetri più alto di lui, il petto nudo ancora scolpito dal militare e gli occhi troppo grandi e troppo puri. È grande, grosso, eppure gli sembra minuscolo in quel momento.

A Mimì basterebbe mettergli una mano sulla testa e spingerlo in ginocchio, è certo al cento per cento che gli succhierebbe il cazzo senza nemmeno troppe storie.

"È stata una buona idea," replica Bicio. Gli soffia il fumo a pochissimo dalle labbra e Mimì non è mai stato così arrapato nella propria vita.

Potrebbe mandare a fanculo tutto.

Potrebbe passare una mano su quell'addome perfetto, slacciargli i jeans, tirargli l'uccello fuori. Ha un cazzo bello grosso, il suo Bicio. Grosso, lungo, gli fa venire voglia di leccarlo. Perché diavolo non lo ha fatto, quando è tornato dal militare?

"Io ho solo ottime idee, moccioso," risponde piano, quasi in un sussurro. "Tipo sarebbe fantastico se…"

La voce di Martina fuori dalla porta li fa sobbalzare entrambi e Mimì ha un millesimo di secondo per strapparsi da Bicio e fare due passi indietro, giusto poco prima che la porta del *camerino* si spalanchi e permetta a quella che teoricamente è la sua ragazza entrare con una minigonna così corta che tanto valeva non metterla proprio. "Mimmo! Mi hanno fatta entrare gratis, scusa se ho mancato il concerto, ma Stefano ha bucato."

"Non fa niente, non…"

"Ciao Fabri!" esclama lei, poi riporta l'attenzione su di lui e si protende verso Mimì in attesa di un bacio dovuto che però a lui rivolta lo stomaco.

Lo fa, però. Lo fa sempre. Un bacio a stampo e si tira subito indietro. "Scusa, sono sudato, mi do una sistemata e arrivo, ok?"

Registra appena l'espressione tormentata di Bicio, perché lo sanno tutti e due cosa stava per accadere, prima di chiudersi nel minuscolo cesso privato e buttarsi un po' di acqua sulla faccia per calmarsi.

Ce l'ha duro come il marmo.

Stringe la mano a coppa sul proprio cazzo duro e stringe, cercando di rimettere in ordine le sue emozioni e la sua testa.

Che cazzo stava facendo, Dio santo.

Stava davvero per baciare Bicio? Stava davvero per proporgli una sveltina in quello stanzino che sa di fumo e sudore?

Dio Cristo, ma perché non può essere normale?

Ha Martina, perché non è abbastanza?

È bella, bellissima, ha la bocca morbida e le tette sode, ha un culo che parla e chiunque, qualunque ragazzo si taglierebbe un braccio per stare con lei. E invece Mimì è qui a farselo venire duro per un maschio.

Peggio ancora, per il suo amico d'infanzia, per il ragazzetto cicciottello che ha baciato sì e no due tipe in tutta la sua vita – tranne che poi è arrivata la pubertà e adesso Bicio è un marcantonio di quasi due metri, con più spalle che buon senso e la bocca di uno che Mimì vorrebbe baciare davvero tanto.

"Piantala, finocchio," sibila al suo stesso riflesso. Apre il rubinetto e si sciacqua la faccia per scacciare via certi pensieri. Deve lavarli via e tornare a comportarsi come un uomo vero.

Il leggero bussare alla porta lo fa scattare come una molla.

"Esco subito," dice, con la gola chiusa dall'ansia, come se chiunque ci sia lì dietro tra Bicio e Martina, possa averlo visto o aver sentito i suoi pensieri.

"Dai muoviti," dice la voce ovattata di Martina. "C'ho sete e sono tutti al bar a bere. Manchiamo solo noi."

Mimì si decide a uscire con ancora la faccia bagnata. Martina gli stringe le braccia al collo e lo bacia, infilandogli la lingua in bocca come farebbe qualunque fidanzata.

Lui la asseconda, ma senza alcun tipo di trasporto, sperando solo che non voglia andare oltre quella coccola. Non ha davvero voglia di fingere.

Fa quindi quello che sa dar fastidio a Martina ma che gli salva la faccia. Infila la mano sotto la maglietta della sua ragazza e le pizzica forte un capezzolo da sopra il reggiseno. Martina reagisce come previsto, scostandosi infastidita e coprendosi il seno con la mano.

"Cazzo, Mimmo! Perché devi sempre essere un animale?"

"E tu perché non puoi essere più rilassata?" brontola lui, infilandosi in bocca una nuova sigaretta. Martina sbuffa, raggiungendo la porta del camerino.

"La prossima volta ti do un morso sul cazzo, così vediamo se ti senti rilassato."

"Che ne sai, magari mi piace."

Martina alza gli occhi al cielo, ma non ribatte, tornando a camminare accanto a lui finché non raggiungono la zona bar, dove i loro amici sono ammucchiati con la loro birra media.

La prima cosa che lo colpisce è, come sempre, Bicio. Mezzo accasciato sul bancone, a fissare una birra che chiaramente non ha voglia di bere e con una disperazione addosso che riconosce all'istante. Perché la prova anche lui.

No.

Deve resistere.

Eppure non riesce a fare a meno di passargli la mano sulla schiena, mentre ride e scherza con gli altri, come se nulla fosse.

Eppure non c'è niente come prima.

Nulla sarà mai come prima di quella serata in macchina al Canalone.

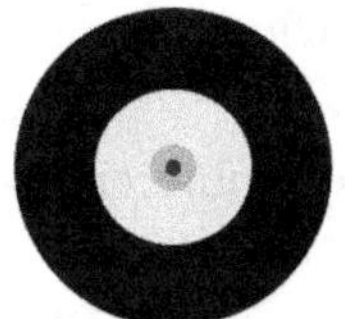

Fabrizio non ha la più pallida idea di come fa a non scoppiare a piangere come una fontana nel mezzo della discoteca. Dovrebbe essere con Stefano a riscuotere i soldi della serata dal PR; dovrebbe essere in pista a ballare e a cercare di rimorchiare una, due o dieci ragazze pronte a dargliela manco fosse loro; dovrebbe unirsi agli altri e festeggiare una serata sbagliata che all'improvviso è diventata giusta... eppure non riesce a fare niente di tutto questo.

"Puzzi di disperazione," gli dice l'Asnaghi, facendo cenno al barista di dargli una birra e una Coca Cola. La prima per lui e la seconda per la sua nuova tipa, Alice. Che è incinta. Cristo, persino Luca è schifosamente felice. "Quante volte te lo devo dire di stare lontano da Mimmo?"

"Fatti i cazzi tuoi," brontola, afflitto.

"E ora diventi pure come lui."

Fabrizio sospira e guarda al di sopra del proprio bicchiere. Forse dovrebbe sbronzarsi e basta. "Non so di cosa parli."

"Dai, Fabri. Lo so cosa stai facendo. Il frocio, ecco cosa fai." Luca alza una mano per bloccare qualsiasi cosa stia per uscire dalla bocca di Fabrizio. "Lo so. *Lo so.* Non sei frocio. Stessa roba."

"Non è la stessa cosa."

L'Asnaghi ridacchia e scuote la testa. "Chissenefrega, onestamente. Non è quello il punto. Il punto è che è una vita che muori dietro a quel coglione. Non c'è trippa per gatti. Ha Martina, non lo vedi?"

Con un sospiro, Fabrizio rivolge lo sguardo verso la pista, dove Mimì domina lo spazio insieme alla sua ragazza. Non può dire a Luca quello che stava per accadere prima, non lo capirebbe. E anche se lo capisse cosa cambierebbe? Il succo è sempre quello. "Sì, ma…"

"Niente *ma*, Baroni. Non te ne puoi trovare una anche tu? Ti piace la figa, no?"

"Sì, ma…"

Non è la stessa cosa.

Non sarebbe Mimì.

"Dai, lascia stare e vai a divertirti. Stasera abbiamo guadagnato bene." Luca gli dà una pacca sulla spalla e prende le birre che il barista gli allunga. "Torno dalla Ali. Non suicidarti."

Fabrizio lo guarda tornare dalla sua ragazza incinta e baciarla, dopo averle passato la Coca Cola. Sono felici, nonostante la *caga* di aver deciso di tenere il bambino. Distoglie lo sguardo dalla loro felicità e si ritrova a osservare Giacomo parlare con alcuni di quelli che erano sotto al palco durante l'esibizione.

È l'altro single del gruppo, ma a differenza sua, Giacomo non sembra angosciato.

Un po' lo invidia, perché vorrebbe stare bene con se stesso come l'amico. Invece ogni volta che si guarda allo specchio, Bicio si chiede perché si sente l'ultimo uomo sulla terra, solo in un mondo pieno di persone.

A volte ha la sensazione che non ci sarà mai nessuno per lui, che Mimì è la cosa più vicina alla felicità che potrà mai provare perché, semplicemente, non esiste nessuno per lui. Nessuno riuscirà mai ad amarlo e lui stesso non riuscirà mai ad amare nessuno perché ci sarà sempre Mimì.

Mimì è tutto ciò a cui riesce a pensare, tutto ciò di cui le sue canzoni parlano, ogni suo dannato pensiero è per quell'uomo che gli ha rubato un bacio e la verginità, che gli ha fatto fumare la sua prima sigaretta e anche la prima canna, che gli ha spiegato come infilare un preservativo e che se vuoi che una te la dia devi offrirle qualcosa e mostrarle che ti importa.

Lo stesso Mimì che si sta strusciando con la sua fidanzata al centro della pista, stringendole con le mani il culo fasciato nella minigonna senza alcun interesse per il resto della folla che li circonda.

Geme e si lascia andare con la testa tra le mani e la voglia di urlare e strapparsi i capelli.

Gli fa male il petto, non riesce a respirare e vorrebbe solo sparire – da quel locale, dal mondo intero, da tutta la realtà.

Vorrebbe sparire e non sentire più nulla, invece resta lì e soffre, come lo stesso ragazzino di sedici anni che sogna qualcosa che non potrà mai avere.

Si sente come una nota stonata, come uno sbaffo su uno spartito. Una distorsione nella melodia, qualcosa che è lì e nessuno sa perché, che tutti vedono ma nessuno davvero capisce.

Alle volte si domanda se sarà mai più felice.

Perché prima, in quello sgabuzzino merdoso travestito da camerino, *lo era*. Lo era sul palco, con Mimì in ginocchio per lui. Lo era là dentro, con una mano del suo migliore amico sulla pancia e a un soffio dalle sue labbra. Cristo, per un attimo ci aveva sperato. Lo sapeva, *lo aveva sentito* quello che stava per accadere, era a tanto così, uno schiocco di dita e…

E poi, come ogni cazzo di volta che si permetteva di sperare, era arrivata l'inculata.

Fabrizio non odia Martina. Non l'ha mai odiata e non inizierà certo adesso, ma porca puttana quanto ci è andato vicino poco fa.

Manda giù un sorso di birra e si alza di scatto. Beve tutto il resto del bicchiere, alla goccia, poi scuote la testa come a scrollarsi di dosso qualcosa e avanza verso la pista, dove è Mimì. Il centro di gravità della sua vita, dove viene attirato in maniera inevitabile.

"Balli, rockettaro?"

Fabrizio si ferma e guarda verso il basso, dove una ragazza della sua età lo guarda con occhi speranzosi, bordati di trucco rosa. Ha le labbra piene e luccicanti, i capelli biondi lunghi fino al culo, è carina e l'ha vista prima nel pubblico del loro concerto.

Questo è sempre il momento in cui Fabrizio molla la caccia a Mimì e si sottomette. È l'unica cosa che può fare, perché mica può andare da lui, strappargli Martina di dosso e baciarlo in mezzo alla pista di una discoteca in mezzo al nulla, no?

"Certo," risponde, ingoiando la disperazione. Ma tanto chi mai noterebbe le lacrime che gli pungono gli occhi in un posto come quello? "Vieni qua."

La ragazza gli sorride, carina, e gli piazza una mano sul petto, iniziando a muoversi a tempo di musica. Lui più che altro ondeggia, perché non è proprio nel suo elemento naturale, ma muoversi sembra mandare giù un po' di disperazione. Potrebbe pure portarsela a letto stasera, non che ne abbia voglia, ma alla fine lo sa come andrà a finire.

Perché ha comunque una recita da portare avanti, un personaggio ridicolo da interpretare.

"Sei carino!" urla lei, per farsi sentire sopra la musica e Fabrizio le sorride, cercando di darle attenzione. Ma è difficile con Mimì che balla poco lontano da lui, abbarbicato a Martina come se ne andasse della sua stessa vita.

"Sei molto bella," le risponde, sincero, alla fine è vero.

Se c'è una cosa che gli ha dato il militare è una certa prestanza fisica che attira un sacco di ragazze fighe. Non sa se è per le spalle o sono i muscoli che nonostante abbia diminuito di molto l'attività fisica restano abbastanza tonici da definirlo.

Si lascia andare e prova a stringerla a sé, sentendola adattarsi perfettamente al suo corpo. È spalmata contro di lui, con i seni morbidi che premono contro il suo torace e *sa* che non dovrebbe volere nient'altro nella vita. Una bella ragazza che balla con lui è il sogno di ogni maschio medio che prende in mano uno strumento. Che diavolo, è il sogno di ogni maschio medio che *respira*.

"Come ti chiami?" le chiede, perché non sa cosa dire.

"Susi. Susanna," risponde lei, allungandosi verso il suo orecchio perché lui la senta sopra la musica.

"Molto piacere, io sono Fabrizio," urla di rimando, toccandosi appena il torace come un moderno Tarzan. Si sente davvero ridicolo, uno scimmione che non sa cosa fare o dire. Lei ride e arriccia il naso, carina con le lentiggini che le spolverano gli zigomi sotto gli occhi verdi. Non sembra preoccupata dalla sua scarsa dialettica, anzi. Balla e si struscia contro di lui come se tutto quello che vuole è sentire la musica e lui.

"Ti va di uscire? Ho bisogno di un po' d'aria," dice lei, quando la musica cambia per la seconda volta. Lui annuisce, consapevole di cosa questo significhi.

Significa sempre la stessa cosa, ogni volta: una sigaretta e un limone duro, con la possibilità di allontanarsi in direzione di un letto dove concludere piacevolmente la serata.

Scivolano tra la folla e prova brevemente l'istinto di allungarsi verso Mimì, toccarlo, fargli vedere cosa sta per fare – dargli la possibilità di fermarlo. Invece non lo fa, stringe i pugni ai lati del corpo e segue la ragazza fuori di lì, all'aria fresca della sera.

Milano è sempre bella, anche quando non lo è, perché per i suoi occhi provinciali è la città delle opportunità e chissenefrega dell'immondizia, delle strade sporche e dei quartieri alveari che la deturpano.

"Hai da accendere?" domanda Susi, richiamandolo al presente, con la sigaretta già stretta tra le labbra lucide. Lui si tocca le tasche, ringraziando la sua buona abitudine di portarsi sempre dietro un accendino, anche quando non ha le sigarette. Dà fuoco alla sigaretta e l'accetta dopo il primo tiro.

"Quindi... cosa fai nella vita? Oltre far bagnare le ragazze ai concerti."

Lui arrossisce per l'implicazione e scrolla le spalle. "Lavoretti vari. Spero di riuscire a far diventare la musica il mio vero lavoro."

"Sei un sognatore, eh?"

"Sono uno che crede che bisogna almeno provarci, prima di rinunciare."

Eh, se solo potesse farlo anche in amore.

Se solo si permettesse di provarci davvero, adesso sarebbe in quel dannato locale, con la bocca di Mimì contro la sua e il suo culo tra le mani.

Ma quello è qualcosa che non può permettersi di provare, perché se dovesse andare male, se perdesse la scommessa, a rimetterci non sarebbe solo lui,

Mimì, Luca e Giacomo contano su di lui e sulla sua capacità di tenerselo nei pantaloni senza fare puttanate.

"Mi piacciono i musicisti," sorride Susi. È davvero bella e gliela sta tirando in faccia con la fionda.

Per cui non gli resta che accettare.

CAPITOLO QUATTRO

Mimì fa l'ultimo tiro alla sua sigaretta e sospira, prima di gettare il mozzicone a terra e guardarsi attorno. Ha riportato Martina a casa dopo aver aiutato Giacomo a caricare la batteria sul furgone e hanno scopato. Che altro doveva fare? Martina è la sua ragazza. Lui scopa la sua ragazza. Anche se non è lei che sogna di stringere, di amare e di far godere.

Alle volte si fa così schifo che si sente soffocare.

E succede anche lì, alle quattro del mattino di una strada malamente illuminata di Milano, con l'aria fredda che gli sferza la faccia. Ha una nausea tremenda e non sa perché.

Schiaccia il mozzicone e si incammina verso la metropolitana, che sarà ancora chiusa. La macchina ce l'aveva Bicio, che si è volatilizzato, per cui può solo tornare a piedi.

Mentre cammina però si rende conto che la Fiat Uno rosso fuoco parcheggiata sulla strada ha tutta l'aria di essere quella di Bicio. È proprio la sua, scopre poco dopo, girandoci attorno e scoprendo l'adesivo dei Disorder appiccicato sul baule.

"Ma dimmi te," sbuffa. Quante probabilità ci sono che Bicio sia lì da quelle parti? Magari ancora nudo, nel letto di qualche ragazza, mentre Mimì è lì come un coglione a pensare a lui, seduto sul cofano della sua Uno.

Tempo di un'altra sigaretta.

O tre.

"Mimì?"

Si volta di scatto, nella strada deserta. Bicio è lì in piedi, coi capelli scarmigliati e la giacca messa storta. Gli sorride. "Qualcuna ti ha dato una ripassata?"

Bicio si avvicina all'auto, quasi cauto, come se stesse approcciando chissà che bestia pericolosa. Ridicolo. "Che ci fai qua?"

"Martina abita qua, non ti ricordi?"

L'altro si guarda attorno, come se fosse la prima volta che passa di lì. È stupido e buffo. "Ah, già."

"Quindi?"

"Quindi cosa?"

"Chi è stata la fortunata?"

Bicio arriccia le labbra in una smorfia di disgusto. Ma sparisce subito, al punto che Mimì si domanda se lo ha immaginato o cosa. "Nessuno di rilevante. Bionda, occhi azzurri, belle tette."

"Mi sembra una bella preda."

"Le donne non sono prede."

Mimì inarca un sopracciglio. "Non farla più grossa di quello che è. L'hai appena definita irrilevante."

Bicio diventa rosso come ogni volta che si sente colto in fallo. "Non intendevo in quel senso."

"E cosa intendevi?"

Bicio sbuffa, scacciando la domanda con la mano come una mosca fastidiosa. Si appoggia al cofano accanto a lui e gli frega la sigaretta dalle dita. Mimì lo guarda prendere un tiro e si incanta come ogni volta a guardare come le labbra di Bicio si stringono attorno al filtro.

Gli manca baciarlo.

Sogna ogni dannato giorno di poter di nuovo appoggiare la bocca sulla sua. Ogni dannato minuto di ogni dannato giorno.

E invece si limita a guardarlo portarsi a casa una ragazza dopo l'altra perché è un cagasotto di prima categoria. Perché non ha il coraggio di ammettere neanche con sé stesso quello che il suo corpo e la sua testa continuano a ripetergli da anni. Potrà negarlo per sempre, ma Bicio sarà il suo punto debole per il resto della vita.

Sognerà sempre di baciarlo e ripenserà per sempre a quella notte al Canalone, l'unica che sia riuscito a concedersi.

Eppure sarebbe così facile ammetterlo, non dovrebbe neanche alzare la voce adesso. C'è un tale silenzio a quell'ora della notte, con la strada deserta e la vita attorno a loro addormentata.

Resta lì a guardarlo con le parole incastrate in gola, sentendole spingere contro le labbra, con il desiderio di uscire, di essere finalmente libere di vivere alla luce del sole – anche se, beh, è notte e non c'è altra luce se non quella dei lampioni.

"Vuoi l'ultimo tiro?" gli offre Bicio, riscuotendolo da quella piccola venerazione in cui si trova incastrato fin troppo spesso. Deve smetterla o qualcuno finirà per notarlo.

"Va bene," mormora, aspirando dal filtro direttamente contro le dita di Bicio.

Non è un bacio.

Non lo è.

Ma posare le labbra contro i polpastrelli dell'altro ci va così vicino. E forse si concede un attimo di troppo, perché non può farne a meno. Non può fare a meno di lui.

"Era carina, ma niente di che." Bicio parla a bassa voce, lanciando il mozzicone sull'asfalto, da cui si alza un ultimo e morente filo di fumo. "Prima o poi troverò anche io una ragazza come la Marti, suppongo."

Mimì sorride, ma non dice niente. Il dolore sotto il costato è troppo forte per farlo. Non vuole che Bicio abbia una Martina, dovrebbe essere *lui* la sua Martina. Che cazzo, non dovrebbe starci nemmeno lui con lei. "Mi sa che la mollo."

"Chi, la Marti? Ma perché?"

Scrolla le spalle. "Perché… boh, mi ha stufato."

"Non mi sembrava, prima."

Con una risatina, Mimì guarda verso il suo migliore amico, la persona che ama più chiunque altro al mondo. L'unica, probabilmente. "Sono abbastanza bravo a fingere che mi importi di lei."

Bicio rimane in silenzio, a fissarlo come se fosse un alieno. "Ma allora perché ci stai insieme?"

"Una bella domanda. Perché comunque le voglio bene e mi piace? Forse." Fa spallucce. "Mi piace scopare con lei, è divertente e simpatica. Mi fa ridere e mi piace quando mi porta una brioche dopo le prove."

"E allora perché la vuoi lasciare?"

"Perché non la amo. E lei si merita qualcuno che la ami sul serio."

Rimangono in silenzio, finché Bicio non apre la bocca, rompendolo. "Non sarebbe più facile se… no, lascia stare."

"Non sarebbe più facile che cosa?"

"No, niente. Era una stronzata. Andiamo a casa, ho sonno." Bicio si solleva dal cofano e lo tira per la giacca di jeans. "Comunque avevi ragione ieri sera, sai? Sullo spogliarmi. Anche tu non sei stato male."

"Io ho sempre ragione."

Bicio ride e sale in macchina, mettendo in moto. Mimì si sistema al posto del passeggero e abbassa il finestrino prima di accendersi una nuova sigaretta.

Hanno resistito qualche settimana prima di cominciare a fumare pure in quella, come ogni volta che qualcuno di loro si è comprato la macchina. Lo sa che poi puzza tutto, Martina si lamenta sempre che i suoi capelli sanno di fumo quando va in macchina con loro, ma francamente non gliene frega un cazzo. Potrebbe essere il Papa in persona a chiederglielo e lui si accenderebbe un'altra sigaretta in risposta.

"Hai visto quanto hanno urlato quando ti sei spogliato anche tu?"

Mimì ghigna e annuisce, facendo un nuovo tiro. "Ovviamente. Questo ben di Dio merita un urletto o due tanto quanto te, *boccia*."

"Non sono più un boccia da un po' di tempo, Mimmo. Ho fatto il militare, ricordi? E... e ho appena finito di scopare. E ti sto riportando a casa con la mia macchina."

Mimì ride e gli allunga la sigaretta perché faccia un tiro anche lui, godendosi giusto un po' le loro dita che si sfiorano con quel piccolo passaggio di testimone.

"Sì, beh, sarai sempre il boccia del gruppo, fattene una ragione."

Bicio non risponde e si limita a guidare per le strade silenziose di una Milano che non si è mai davvero addormentata. Ci sono zone di quella città che sembrano vivere in un perpetuo stato di dormiveglia e altre che sembra non vogliano lasciar andare la vita, alternando quella diurna con quella notturna con il ritmo della risacca. Prima arrivano i lavoratori che riempiono le strade con efficienza e stress, muovendosi freneticamente da una parte all'altra come schegge impazzite, e poi arrivano i festaioli, quelli pronti a saltare di locale in locale, pronti a vagare senza meta per la città in una spasmodica ricerca di un momento felice.

Ogni tanto ci prova anche lui, ma gli unici momenti felici che riesce ad accumulare li ha avuti su un palco con quel ragazzo che adesso lo sta accompagnando a casa.

Il paesaggio però smette di essere così caotico e filosofico quando escono dalla città e si immettono in tangenziale per tornare al loro paesino sperduto, dove la gente va a dormire alle nove di sera perché non c'è un cazzo da fare.

"Credi dovremmo farlo a ogni concerto?" domanda proprio Bicio mentre si immette nella strada di casa sua.

"Cosa? Spogliarci?"

"Anche, sì, ma intendevo quella cosa del tuo assolo. Voglio dire," comincia l'altro parcheggiando sotto il suo palazzo, e può vederlo diventare rosso nonostante la scarsa illuminazione comunale. "Erano tutti entusiasti, no? Magari è una cosa che piace."

Finge persino di pensarci su.

Non lo aveva programmato, all'inizio. Certo, il suo assolo c'è comunque nel brano, di solito però lo esegue in piedi, a una ragionevole distanza di sicurezza dagli altri, spesso camminando sul palco lontani dall'uno all'altro. Tuttavia quello che ha deciso di fare la sera prima è qualcosa di nuovo, inaspettato. Ma lo è davvero così tanto?

Inginocchiarsi davanti a Bicio gli è sembrato naturale. Dovrebbero farlo tutti, se lo merita. E quella mano tra i capelli che lo ha tenuto fermo... Mimì si sistema meglio sul sedile, per non mostrare l'erezione nascente che gli tende i pantaloni.

Dentro la sua mente c'è un flusso di coscienza che non riesce a fermare, un fiume in piena inarrestabile, e non basta rallentare il flusso dell'acqua con quattro sassi a formare una diga. Non c'è modo di convincere suo stupido cervello di piantarla di immaginare scenari, di chiedersi cosa sarebbe successo se...?

Non c'è nessun *se*.

E purtroppo per lui non ci sarà *mai*.

"Beh, possiamo provare. Mal che vada ci lanciano qualcosa addosso," mormora, guardando fuori dal finestrino della macchina. Fuori il mondo si sta risvegliando e dietro di loro inizia a formarsi una coda di auto dei poveri stronzi come loro, che hanno fatto serata per tutto il sabato notte. La domenica non si lavora, l'altra corsia che va verso Milano è vuota.

Bicio si ferma al semaforo e sbadiglia. Sono a San Pietro, sono quasi arrivati. "Madonna che sonno... comunque sì, dai, facciamolo."

"Facciamolo," risponde lui, con un altro sbadiglio, mentre nella testa gli si pianta l'immagine di loro due di notte, sul Canalone, Bicio a novanta sul sedile tirato giù e con il suo cazzo duro nel culo.

Facciamo una sega, ecco cosa pensa Mimì, con il desiderio fortissimo di tornare a casa e farsi una doccia gelata.

Quando arrivano a Sedriano, Bicio si ferma davanti all'ingresso del suo palazzo e lascia la macchina in folle. Gli sorride, stanco e bellissimo, con i riccioli che gli cadono sulla fronte. Con l'alba che sale, ha un che di poetico, più del solito. Vorrebbe baciarlo e sentire le sue labbra morbide, quello che fa invece è dargli un buffetto sulla guancia e dirgli "Ci vediamo oggi pomeriggio?"

"Suoniamo insieme," risponde l'altro, con un sorriso così bello che gli spacca il cuore.

Quando Mimì scende dall'auto e la guarda allontanarsi per entrare in un cancello poco più in là, l'unica cosa che può fare è gettare il mozzicone a terra e tornare nel suo appartamento.

Da solo.

FINE

CONCERTONE

CAPITOLO UNO

Roma – 1991

Meno male che il primo di maggio dovrebbe fare ancora fresco. *Tecnicamente* dovrebbe fare fresco, visto che il giorno prima pioveva e pareva di stare al Polo Nord. Invece nella notte la temperatura si era alzata di colpo, il fango asciugato e, con gran sorpresa di tutti, i lavori per il Concertone sono andati avanti.

Fa un caldo fottuto.

Cesare ha pensato che sarebbe stata una grande idea guardarselo tutto dall'inizio, visto che è la seconda edizione e alla prima non è potuto andare. In più c'è *Teresa*.

"Madonna, Cè, ma la pianti?" gli chiede Veronica, una delle amiche del suo gruppo. "Le stai a fa' i raggi X al culo!"

Al suo fianco, Elia fa il segno della vittoria e un cenno di comprensione. "Beh, con un culo così che altro vuoi fare?"

"Smetterla, magari?"

"Che c'è, sei gelosa perché non guardiamo il *tuo* culo?" la prende in giro Elia, poi indica loro l'enorme zona bar allestita di fianco al palco. "Aò, ma una birretta?"

Veronica lo manda a fanculo, ma Cesare manco li ascolta. Teresa è proprio davanti a loro, a braccetto con la sua migliore amica Nina e l'unica cosa che lui riesce a vedere è quel culo fantastico fasciato nella minigonna inguinale. Vuole portarsi Teresa a casa e scoparselo, quel culo. Chissà se glielo lascerebbe fare?

Nel frattempo, sul palco salgono i primi artisti. È primo pomeriggio e non riconosce il nome dei cantanti, ma la cosa non gli importa molto. Vuole solo raggiungere la sua futura fidanzata e offrirle da bere.

"Ma come suona questo?" sbotta Elia, facendo una smorfia.

Veronica scuote la testa. "Ma sì, lo sai no? Prima fanno esibire i pesci piccoli. Non so nemmeno perché siamo qui, potevamo arrivare più tardi e sentire i grandi."

"Chi è che suona, stasera?" domanda Cesare, più per cortesia che per altro. Teresa si è voltata e gli ha fatto un mezzo sorriso. Lui riesce solo a vederle le tette senza reggiseno sotto al crop top. "Non mi ricordo."

"Seh, nun te ricordi perché sei troppo impegnato a sbavà, zio!" ridacchia Elia. "Comunque boh, mi pare ci sia il Liga. E i Litfiba. Io ancora rosico per l'anno scorso, ci stavano Zucchero e Bennato! Ma mi madre non mi ha fatto uscire, 'sta stronza."

Cesare storce le labbra, perché pure sua madre gli aveva impedito di andare alla prima edizione del Concertone. Cesare aveva avuto la pensata di tatuarsi una fenice su un braccio mentre era a Londra, peccato che la sua super cattolica genitrice non l'avesse presa bene.

Quello e il fatto che aveva diciassette anni.

Grande abbastanza per andare all'estero da solo, ma non per farsi incidere la pelle dal demonio in persona. Vabbè.

La maggior parte della gente è al bar e lui un po' li capisce. Sul palco iniziano ad alternarsi gente che suona finta musica balcanica e due rastoni che fanno reggae. Il che non sarebbe male, se non fosse che sono stonati come campane, probabilmente fatti fino alle ossa e non proprio consapevoli.

"Ehi, posso offrirti qualcosa?" domanda Cesare a Teresa, quando la raggiunge al bancone del bar. Cerca di mettersi in mostra, gonfiando i muscoli sotto la canotta nera che indossa.

Lei gli scocca un'occhiata, guarda la sua amica alla ricerca di conferma e, quando l'altra annuisce, allora lo fa a sua volta. "Una birra. Piccola."

"Due birre piccole," ordina al tipo dietro al banco, che non è per nulla felice di essere lì. Lo capisce, dev'essere una merda lavorare lì quell'esatto giorno. Però non ha tempo per la comprensione e la compassione, ha una missione, lui. Quindi si volta a guardare Teresa e le fa l'occhiolino, aggiungendo: "Per cominciare."

Nina si dilegua in pochi secondi, con una scusa qualsiasi come andare a recuperare la felpina che ha lasciato sotto l'albero dove si sono accampati. Come se dovesse servirle la felpa con il caldo afoso che fa. Però va tutto a suo vantaggio, quindi, ehi, lui vuole bene a Nina, davvero. Le dedica una scopata, se la serata va in porto.

"Quindi... per chi sei qui, oggi?"

Teresa inarca un sopracciglio, prendendo un sorso di birra. "'Nche senso?" domanda, e lui si dà del coglione, perché, andiamo, che cazzo di domanda è?

"Nel senso... ti piace qualcuno in particolare di quelli che suonano oggi?"

"Ah. Mah, i Litfiba so' fighi veri, no? Vale la pena pure solo pe' loro. E poi me piace 'sto gruppo nuovo, un po' underground che m'ha fatto scoprire Nina. A lei gliel'ha passato suo cugino, quello de Milano, e so' forti veri, e poi lei m'ha detto che questi c'erano oggi e me ce siamo dette cazzo, andiamo. So' pure fregni veri, nun so se me spiego."

È sempre strano sentire Teresa parlare, perché c'è questa sorta di stonatura tra il suo aspetto acqua e sapone – è decisamente gnocca – e il modo estremamente tipico di parlare. Non uno strano brutto, anzi. È qualcosa che ha sempre affascinato Cesare di lei. Teresa è una di quelle persone che capisci dov'è nata appena apre bocca e lui *adora* questa cosa. Anche perché Cesare ama Roma e l'accento romano forte e caratteristico.

"Come si chiamano?"

"Disorder."

"Un nome un po' pretenzioso."

"Pretenzioso," ride lei. "Anvedi che paroloni."

Ridono e si allontanano insieme dal baracchino, tornando verso l'albero invaso dai loro amici. Ma con calma, con molta, molta calma. E a ogni passo, Cesare si avvicina sempre più a lei. Conta di avere un braccio attorno al suo fianco entro la fine della passeggiata, con la scusa di proteggerla da qualche cretino sbandato a causa del caldo o dell'alcol.

"Magari potremmo vederli insieme questi tuoi Disorder," propone con un sorriso che dichiara a chiare lettere che non gliene frega un cazzo di qualsiasi musica questi stronzi suonino, purché gli permettano di infilarsi nelle sue mutandine.

"Magari potremmo farlo," conferma lei. "Vediamo come va questa prima birra."

La mezz'ora successiva procede bene. Teresa ride alle sue battute e sembra interessata a rimanere vicino a lui a fine birra, mentre la sua amica Nina li guarda in cagnesco. Vorrebbe dirle di non prendersela, ma a chi la sta dando a bere?

"I Disorder arrivano dopo questi," dice proprio Nina al loro gruppo, annoiata. "Eddai Tere, hai promesso!"

Teresa guarda prima Cesare, poi l'amica, infine sospira. "C'hai ragione. Daje, annamo."

"Posso venire con voi?" domanda lui, sfoderando il suo sorriso più scintillante, ma non arrogante perché non vuole perdere l'occasione. Ci mette pure un po' di supplica nella voce, perché alle ragazze piace sentirsi desiderate. "Così vediamo se sono così bravi?"

Nina fa una smorfia. "Lo sono."

"Certo. Solo che non li ho mai sentiti." Cesare cerca di placarla, poi torna a sorridere a Teresa. "Vogliamo andare?"

"Va bene," concede la ragazza.

Cesare si volta per alzare i pollici di nascosto agli amici suoi, che rispondono entrambi con lo stesso gesto. Abbandonano l'albero e si spostano in mezzo al pubblico. Non ci mettono molto ad arrivare in transenna, complice un pellegrinaggio di gente a prendere da bere prima dei prossimi a esibirsi. In più è convinto che il fatto di essere riuscito a portare Teresa davanti gli faccia guadagnare punti per il post spettacolo. Anche se si annoierà a morte, Cesare è del tutto convinto che ci ricaverà qualcosa. Tipo una gloriosa scopata.

Sul palco, il cantante sconosciuto che si sta esibendo porta a termine il brano e saluta il pubblico, sgombrando rapidamente il palco per lasciare il posto ai tecnici che iniziano subito a staccare cavi, attaccarne altri, rivedere la strumentazione e quant'altro. Ma la sua attenzione è più verso la generosa scollatura di Teresa, che ha due bocce così che lui non vede l'ora di strizzare con le mani.

"Arrivano!" esclama Nina, distogliendolo di colpo dalla sua contemplazione della perfezione del corpo femminile.

Cesare getta uno sguardo davanti a sé e la prima cosa che vede è un tizio biondo che beh, non è mica male? Se quello è il fregno di cui parlavano... ma capisce in fretta che è il bassista e non il cantante. Sono sempre i cantanti quelli belli.

"Madò, che figo," mormora Teresa e lui non può fare altro che annuire perché beh, bello è bello, non si può negare.

Nina le sorride. "Aspetta che arrivi *lui*."

Mentre sul palco il bassista e il chitarrista sistemano gli strumenti, un attimo dopo appare *lui*.

Oh cazzo, pensa Cesare, con il cervello che frigge all'istante nel momento in cui il cantante si fa strada fino al microfono, indossando una maglietta gialla con una scritta nera sul torace ampio. E quelle braccia, porca puttana.

"Ciao a tutti, noi siamo i Disorder," mormora il cantante al microfono, come se fosse… timido? "Grazie di averci invitato qui, è la nostra prima volta."

È così *milanese*.

Ma gli suona musicale nelle orecchie, al punto che Cesare si sentirebbe disposto a sentirlo parlare per sempre, così si gira verso Nina. "Come si chiama lui?"

"Fabrizio," gli risponde, con aria di sufficienza, come se fosse un idiota a non saperlo.

"E il biondo?" le chiede Teresa, affascinata a sua volta.

"Mimì."

Ok, Fabrizio e Mimì.

Entrambi bellissimi, super sexy, ma non giocano nemmeno nella stessa squadra, manco nello stesso sport. Quel Fabrizio è un altro mondo.

"Vi abbiamo portato una selezione dei nostri brani, spero che vi piacciano e vogliate conoscerci meglio dopo."

Nemmeno il tempo che il cantante finisca la frase che la batteria parte con una mitragliatrice, spaccando quasi loro i timpani, e poi quel Fabrizio apre la bocca e inizia a cantare.

A Cesare vengono le ginocchia molli, perché una cosa così non l'ha mai sentita nella sua vita.

Quel tipo è magnetismo puro e lui non riesce a staccargli gli occhi di dosso per un solo secondo. La prima canzone vola via in troppo poco tempo e la seconda sembra anche più arrabbiata, piena di voglia di fare, di desiderio di rivalsa che sia Cesare che le due ragazze accanto a lui cominciano a saltare e agitare le braccia a tempo di musica.

Ci vuole un attimo prima che si renda conto che si è creato un piccolo gruppo di spettatori sotto il palco, gente che, a quanto pare, li conosce abbastanza da sapere le parole delle loro canzoni – più o meno. C'è chi le conosce, tipo Nina e Teresa, e chi invece mormora la melodia e abbozza i ritornelli, come il gruppo di tizi alle loro spalle.

Basta però, perché il cantante lo noti e si gasi e sorrida – e Cesare decide che a lui basta quello per volergli succhiare il cazzo.

Se lo farebbe succhiare? Scommette di sì. Gli manda le vibes giuste.

La terza canzone è una ballad struggente, che questo Fabrizio canta con il cuore in mano.

Questa è una di quelle canzoni da limone duro e possibile seconda base.

Cesare non riesce a staccare gli occhi di dosso al cantante che sembra volersi scopare l'asta del microfono e lui, francamente, un po' è geloso. Non può volersi scopare lui?

Poi lo vede staccare il microfono dal suo supporto e muoversi sul palco, andare in contro al bassista, quel Mimì di cui parlava Nina, e sorridergli.

A ben vedere si sorridono a vicenda e poi Fabrizio si posiziona dietro di lui e gli circonda le spalle con un braccio, la testa poggiata teneramente alla sua mentre quasi gli canta nell'orecchio parole d'amore.

Ah, merda. Questi due scopano per forza.

Fa una smorfia, infastidito dalla cosa.

Ovviamente per una volta che trova un tipo interessante, questo è sì interessato al cazzo, ma non al suo.

Alla fine quel bassista è gnocco vero, uno di quelli che speri ti sorrida e ti offra da bere se lo incontri in un locale.

Personalmente, Cesare preferisce uno come il cantante, decisamente più alto e grosso di lui, con quel sorriso gentile e quei riccioli in cui ci perderebbe le dita, però capisce che a livello oggettivo, il bassista è quello bello del gruppo.

E a guardarli così, a Cesare si stringe qualcosa nel basso ventre.

Devono essere uno spettacolo insieme.

Una parte di lui accetterebbe di guardarli scopare e basta – mentre un'altra fatica ad ammettere che sarebbe ben lieto di infilarsi nel mezzo e farsi usare a loro piacere.

Ah, che discorsi del cazzo.

Ha ragione Veronica a dire che è un maiale che ragiona con l'uccello.

Soprattutto quando ha Teresa di fianco, soprattutto quando sta cercando di entrare nelle sue di mutande.

Eppure quelle sicuramente sudate di quel tizio gli sembrano molto più appetibili al momento.

CAPITOLO DUE

A metà esibizione, Cesare si sente strano. Sul palco, Fabrizio urla davanti al considerevole pubblico che si è spinto contro la transenna e lui prova la sensazione di essere strappato via dall'acqua un attimo prima di annegare.

"Oh, ma te piacciono almeno?" gli domanda Teresa. Lui si limita ad annuire, senza riuscire a staccare lo sguardo dagli addominali del cantante. Perché quell'infame approfitta del lungo assolo di chitarra per levarsi la maglietta sudata e… poi la lancia.

Proprio davanti a sé, sulla gente.

D'istinto Cesare alza il braccio e salta, riuscendo ad afferrarla un istante prima che gli voli sopra la testa ed è lesto a portarsela davanti al petto, custodendo il tesoro. I suoni acuti di Teresa e Nina al suo fianco sono come rumore di fondo, forse perché pensano di aver guadagnato un cimelio. Cesare però non è sicuro di volerlo condividere per impressionarle.

Annusa il tessuto sudato un attimo prima di rimettersi a pogare, con il cazzo che diventa duro per quello che sta provando.

Dio.

Ci si può innamorare per una cosa del genere?

Cos'è che è, un colpo di fulmine? Si chiama così?

Che cosa ridicola, si sta facendo venire le scalmane per un cantante sconosciuto che non vedrà mai più, invece di dedicarsi a portarsi Teresa a letto.

Eppure, quando il concerto finisce, Cesare sguscia via dalla folla, lasciando le ragazze e i suoi amici indietro, diretto alla parte laterale del palco.

"Ehi!" esclama alla guardia presente. "Sai se quelli che hanno cantato adesso escono?"

L'uomo scuote la testa. "Non lo so, mi spiace."

Con un gemito e ancora la maglietta di Fabrizio in mano, Cesare lo ringrazia a metà con un vaffanculo e si guarda in giro. La piazza è piena, ma tutt'intorno ai baracchini delle birre… ci sono anche gli stand delle band e dei cantanti che si esibiscono. Deve esserci anche quello dei Disorder, per forza.

Quindi si mette alla ricerca di un qualche segno e non ci mette molto per trovarlo, per fortuna.

Da dietro il palco vede il chitarrista alto e dinoccolato – decisamente non quello bello del gruppo – uscire e dirigersi a passo spedito verso un punto imprecisato tra gli stand.

Lo segue con lo sguardo, sperando che lo porti dai suoi amici fregni o che il suo essere lì porti gli amici fregni da lui.

Una volta allo stand abbraccia e bacia una tipa bionda decisamente di un altro livello, che si alza dalla sua postazione e recupera il marsupio agganciato alla sedia.

È proprio vero che i chitarristi riescono a rimorchiare pure se sono cessi.

Li guarda salutare la ragazza seduta al tavolo con lei e allontanarsi felicemente abbracciati. Il tipo le mette anche una mano sulla pancia e gliel'accarezza dolcemente, cosa che gli fa sospettare non sia un gonfiore da birre ma qualcosa di un po' più serio e duraturo.

Beh, congratulazioni.

Si avvicina allo stand, dopo essersi agganciato la maglia sudata di Fabrizio alla cintura dei jeans, e sorride.

"Ehi, ciao."

"Ciao!" lo saluta la tipa. Bella, con un viso pulito e dei capelli biondi con un caschetto molto preciso, in evidente contrasto con l'evidente ricrescita della radice. Qualcuno deve essersi pentito della tinta o voleva l'effetto bicolor a buon mercato. Il risultato è che sembra che stia lasciando crescere il capello naturale e tagliando quello decolorato centimetro dopo centimentro. "Vuoi una maglietta? Abbiamo anche le spille," aggiunge, mostrandogli tutto il merchandising.

"Prendo la maglia," dice, guardando con un po' di orrore il giallo acceso su cui campeggia la scritta Disorder. Sta per diventare un'oasi per i moscerini, vero?

Che cosa non si fa per amore, cazzo.

"Mi dispiace, purtroppo quelle nere finiscono sempre subito," dice la ragazza, passandogliela.

"Non fa niente. Per fortuna il giallo mi sta da dio." Ridono insieme, poi lui si guarda attorno per un secondo, sperando di riuscire a vedere il suo sogno erotico avvicinarsi, ma niente. Quel Fabrizio sembra non essere intenzionato a non farsi vedere.

Oddio, magari sta scopando con il bassista, visto come si strusciavano sul palco. Lui ci scoperebbe senza dubbio dopo una performance come quella.

"Senti, che per caso c'hai pure 'na cassetta? Me so' piaciuti un botto."

La ragazza fa un sorriso gentile e scuote il caschetto – e davvero, come faccia ad averlo perfetto con quel caldo da pazzi lui non lo sa. Sarà la precisione milanese?

"No, le ho finite, mi dispiace. Però ho le spillette," aggiunge, sperando di venderne qualcuna. Ha una scatola intera di quegli affari e lui non ha cuore di dirle che nessuno indossa più le spillette superati i sedici anni.

Per prendere tempo, Cesare sfiora le spille e la guarda. "E quando avrete le cassette?"

Lei ci pensa su, poi si illumina. "Settimana prossima. Torniamo a Milano per il resto delle date, so che hanno intenzione di ristamparle nel frattempo. Non pensavamo finissero tutte, son sincera."

"Beh, sono fighi e siete a Roma," le sorride, cercando di impressionarla.

Ci riesce, un attimo prima che appaia il bassista, stavolta vestito. Cesare rimane interdetto per un attimo, perché porca puttana, da vicino questo tizio è fregno forte. Biondo, occhi talmente azzurri da sembrare finti e un fisico impressionante. Decisamente quello bello del gruppo.

Che però bacia sulle labbra la ragazza con cui sta parlando.

"Ehi, Mimì. Fammi finire con questo vostro nuovo fan," ridacchia lei e Cesare non capisce.

Sul palco c'era stato *qualcosa* tra lui e il cantante, ne è certo così come il cielo è blu e il Grande Raccordo Anulare un inferno.

Però ora sta baciando questa ragazza. E fissando lui.

"Abbiamo finito le cassette," gli dice lei, storcendo la bocca. "Te lo avevo detto che erano poche."

Mimì fa spallucce. "Lamentati con Bicio."

Non sa chi sia Bicio, ma Cesare continua a seguire lo scambio con interesse, giustificato dal fatto che deve ancora pagare. Per cui decide di giocare la propria carta con quel tizio. "Mi siete piaciuti moltissimo."

"Grazie," gli fa l'altro e gli fa pure un mezzo inchino. "È la nostra prima volta qui. Beh, la prima al Concerto del Primo Maggio, la seconda a Roma. Abbiamo suonato giusto qualche sera fa in un locale microscopico... Dov'è che era, Marti?"

"A Trastevere, scemo."

"Avete spaccato. A proposito..." Cesare prende fiato e si morde il labbro inferiore. "Volevo un autografo. Anche tuo, ovviamente. Ma… lo vorrei del cantante. Sai se posso incontrarlo?"

L'atteggiamento di Mimì cambia in un battito di ciglia e si irrigidisce, o almeno, è quello che pare a lui. "Temo di no. Bicio è tenuto in ostaggio da gente famosa nel backstage al momento. Non ne uscirà presto, temo."

"Oh… spero di sentirvi a un altro concerto."

"Domani torniamo a Milano. Un po' lontano."

Ok, è bello ma un po' stronzo quel tizio. "Un po', in effetti."

Ma non così tanto.

Forse dovrebbe telefonare a sua zia, che abita proprio a Milano, chiederle se può andare da loro per qualche giorno. Magari una settimana. O un mese.

Alla fine è più di un anno che non la vede e sa quanto lei e suo marito abbiano un debole per lui. Che cazzo, l'hanno portato con loro un anno a Londra a studiare, che sarà mai un mese a Milano?

"Vabbè, magari faccio un salto comunque," mormora con un sorriso che si allarga un po' troppo verso il ghigno.

"Fino a Milano?" la ragazza lo guarda con occhi sgranati. Si volta poi verso il bassista e lo colpisce sul petto. "Te l'avevo detto!" sibila lei, entusiasta. Il tipo le sorride appena, poi si volta verso Cesare e gli fa un cenno probabilmente di ringraziamento.

"Beh, allora in caso ci si vede lì."

"Sicuramente."

Mimì tira fuori il pacchetto di sigarette dai jeans e se ne infila una tra le labbra, accendendosela. Sembra quasi di vedere il protagonista di uno di quei film western che piacciono tanto a suo padre. Questo tipo ha un'espressività da grande schermo e lui si ritrova a fissargli le labbra carnose strette attorno al filtro.

Okay, se deve essere onesto Cesare deve ammettere che questo tipo spinge ogni suo pulsante e se non si fosse innamorato di punto in bianco del cantante, avrebbe provato a vedere se questo bassista gioca per entrambe le squadre, almeno.

"Dai, Marti, andiamo, c'ho voglia di una birra," dice Mimì,

facendo cenno alla ragazza. Martina alza gli occhi al cielo, ma si rivolge poi a Cesare con un sorriso.

"Quindi prendi maglietta e spillette?" domanda con un po' di speranza. Cesare non ha cuore di dirle di no, quindi annuisce e pesca dal cestino due spillette.

Sì, è un sottone e non sa dire di no, non può farci niente.

Paga e va via con i suoi acquisti, aggiungendoli al piccolo tesoro che è la maglia sudata di Fabrizio che si è legato al fianco per non perderla. Fanculo, non la laverà mai, vuole sentire l'odore di quel tipo e farsi un sacco di seghe in attesa di incontrarlo e provare a infilarsi nei suoi pantaloni.

Non è riuscito a vederlo, ma vaffanculo non rinuncia così facilmente.

E se per avere una possibilità con lui deve andare fino a Milano, è il momento buono che fa leva davvero sull'amore dei suoi per lui.

Che ne sa, magari finiscono per innamorarsi e si trasferisce a Milano per stare con Fabrizio.

Madò, sta già fantasticando come un adolescente alla prima cotta.

Torna dai suoi amici, con Veronica che lo guarda sospettosa, spostando lo sguardo da lui a Teresa.

"Tutto bene?"

"'Na crema, perchè?"

"Dov'eri?"

"A comprà la maglietta di quei Disorder. So' bravi. Volevo pure la cassetta, ma le hanno fatte fuori."

La ragazza che ha cercato di corteggiare per tutto il giorno lo squadra da capo a piedi. "Ci hai mollate lì di botto."

"Te l'ho detto, speravo di prendere le cassette."

"E la maglia?" domanda lei, indicando con un cenno del mento la maglietta di Fabrizio legata in vita. "Ce la dai?"

Cesare ci pensa su un attimo, poi sorride. "Corcazzo."

CAPITOLO TRE

Di sicuro Cesare ha imparato una cosa, ovvero che se vuoi scoparti una ragazza, quanto meno devi essere pronto a offrirle quello che ti chiede, se vuoi tirarle giù le mutande.

Solo che Cesare non è bravo a condividere, proprio per niente, per cui è tornato a casa a mani vuote… più o meno.

Chiuso in camera da letto, doppia mandata per sicurezza, si slaccia in fretta i jeans e si tira fuori l'uccello duro. La maglietta del cantante dei Disorder puzza ancora del suo sudore, forse la cosa dovrebbe fargli schifo chi lo sa, ma non gli importa. Cesare se la preme in faccia e ispira forte, mordendo il tessuto, con il cazzo in mezzo alle cosce che gli dà un fremito di apprezzamento. Non è mai stato uno da questo tipo di cose, non ha mai goduto nel sniffare le ascelle di qualcuno (ma la figa… quella sì, dannazione) né ha mai avuto particolari feticismi. Ma Cristo, l'odore che permea la maglietta glielo fa venire duro come la pietra.

Si fa una sega così, appoggiato contro il muro, a un centimetro dal poster dei Judas Priest che sembra quasi lo giudichino in quell'atto indecente. Ma poi figurati se Rob Halford e compagnia non hanno mai fatto porcate di quel tipo. Ci scommette i soldi che non ha che se sono fatti ben di peggio, con tutte quelle groupie che stanno sempre ai loro concerti. Un tizio apertamente gay? Nah, non lo giudica, lo approva di sicuro.

Cesare sogghigna, mentre morde il tessuto giallo. Questo fa di lui la groupie dei Disorder? Anche solo dopo un concerto? Forse sì, forse no, ma la sua mente è piena di quella bestia d'uomo che ha visto sul palco. Uno che supera di sicuro il metro e novanta, con braccia grosse e spalle larghe che a letto lo farebbero sentire minuscolo. Si immagina quella forza poderosa messa al servizio giusto, quella di sbatterlo a pecorina e fargli venire i lividi sui fianchi.

Quando schizza sul pavimento e guarda stralunato le gocce del proprio sperma che colano sul pavimento, Cesare non sente il familiare senso di *vabbè ce semo fatti sta cazzata, mo' torniamo alla solita programmazione*. No, pensa che l'idea di partire per Milano è proprio *brillante* e la sua mente già lavora duro su come attuare il piano.

Può andare un mese in vacanza da suoi zii, no? Magari gli va di merda e scopre che quel tizio è più etero di suo padre, cosa che proprio non crede. Il suo *bi-radar* non sbaglia mai. Oppure gli va di culo e riesce a portarselo a letto, poi da lì chi lo sa… anche se l'idea di trasferirsi a Milano per l'uni e mollare il giogo dei suoi genitori è sempre più allettante ogni minuto che passa.

Deve farlo, ha deciso. Andrà a Milano, perché questa nuova ossessione che gli sta crescendo dentro va affrontata in qualche modo. Certo, qualcuno direbbe in modo più sano, tipo tornare da Teresa e ritentarci.

Oppure fare la pazzia.

Non ci pensa più di tanto prima di darsi una sistemata e recuperare il telefono di casa. Sua zia risponde dopo appena due squilli.

"Pronto?"

"Zia? Sono Cesare. Come stai?"

"Cesare! Che bello sentirti! Noi stiamo come al solito, bambino mio. Tu, invece? Come va con l'università?"

Cesare si lancia in una vaga descrizione di quello che fa ogni giorno, dei corsi, delle ore di studio, dei suoi amici, e sua zia lo ascolta deliziata come ogni volta.

"Comunque, mi manchi zia, sai?" dice alla fine di quelle chiacchiere di cui non gli importa nulla.

"Oh, anche tu, tesoro. Io e lo zio pensavamo di venire giù per Natale, per passarlo tutti insieme."

"Oh sarebbe fantastico," dice lui, comunque felice all'idea di vederli davvero. "Ma magari posso venire io prima da voi, no? Tipo in 'sti giorni? Per un po'?"

C'è un momento di silenzio, in cui lui sa che sua zia sta ponderando la situazione. Non è stupida, anche se adora fare la parte della donnina fragile e frivola. Dice che la gente si mostra subito per quello che è quando credono che sei manipolabile. E Cesare le ha appena dato ragione su tutta la linea, lo sa.

"Ma davvero..."

"Sì. Sai... c'è un gruppo che suona lì e mi piacerebbe andare a sentirli," dice, decidendo di scoprire le carte. È più facile che abbia il suo appoggio, e una volta ottenuto quello, i suoi saranno facili da convincere.

"Ahhh ecco. Capisco. E quando ci sarebbe questo concerto?"

"Settimana prossima."

"M—mh. Beh, immagino che passare del tempo con noi sarà il pagamento per il tetto sopra alla testa che ti daremo."

"Zia, ti prego, adoro stare con voi."

"Lo so, siamo fichi. E adoriamo anche noi stare con te."

"Quindi è un sì?"

"Parlerò con tua madre, ma non credo ci saranno problemi."

"Ti adoro, zia."

"Sì, sì. Ruffiano."

Cesare ridacchia e recupera la maglia di Fabrizio, accarezzando il tessuto di cotone distrattamente. Chissà se è il momento adatto anche per chiederle dell'università.

Ma sì, fanculo, ci prova.

"E una volta che sono lì ti andrebbe di accompagnarmi in uni per qualche informazione?"

"Che genere di informazione?"

"Tipo come funziona il cambio di ateneo e quanti crediti devo integrare per essere ammesso."

Zia Flo – Floriana, un nome che non ha mai più sentito usare in tutta la sua vita – sospira.

"Tu vuoi vedermi morta per mano di mia sorella, vero?"

"No, dai, non lo farebbe mai."

"Tu non la conosci come la conosco io, ragazzino."

Cesare ride, notando come sia passato dall'essere *bambino mio* a *ragazzino* in neanche dieci minuti di telefonata.

Tuttavia sua zia accetta lo stesso perché in fondo conosce alla perfezione la situazione. Ovvero come sua sorella tratta suo nipote. E sa bene quanto a Cesare stia stretta la famiglia, sebbene la ami moltissimo.

"Ne parlo anche con lo zio, ma probabilmente ti direbbe di trasferirti qui in pianta stabile per sempre, conoscendolo."

Cesare la ringrazia ridendo perché è vero, suo zio lo adora manco fosse figlio suo. È lui che aveva proposto di portarlo in Inghilterra quando lui c'era dovuto andare per lavoro, era stata sua l'idea di permettere al nipote di scoprire un mondo nuovo e di imparare una lingua che poi sarebbe stata la base per il suo corso di studi. Sempre suo zio, in quella terra straniera, era stato quello che gli aveva regalato il suo primo spinello.

"Meglio se scopri questa roba con me e sei al sicuro, che farlo con gente di dubbia provenienza," aveva detto.

I suoi zii non avevano figli, per cui avevano riversato su di lui il loro impegno, che lui aveva ricambiato con gratitudine. Avrebbe fatto il bravo e anche se non fosse riuscito a scoparsi Fabrizio, quanto meno potrebbe ottenere la libertà. Che sputagli sopra, insomma.

49

CAPITOLO QUATTRO

Milano non è caotica quanto Roma, ma poco ci manca. E non è assolutamente grigia e triste come la gente che non ci abita ama descriverla. Milano ha una bellezza travolgente, se sai dove guardare, ma è anche abitata da stronzi sempre di fretta.

Cesare indossa la maglia nera con lo scollo a barca e gli inserti in rete che ha comprato a Londra anni prima. Era stato lì che aveva scoperto la moda alternativa che tanto gli piace e decide che per fare colpo su Fabrizio deve usare tutte le sue armi a disposizione.

Sono tre date milanesi che segue i Disorder in concerto e per tutte e tre ha studiato la preda. Non è mai riuscito ad avvicinarlo, per un motivo o per l'altro – tipo quel Mimì che lo trascina sempre via a fine spettacolo o ragazze che arrivano a placcarlo prima di lui – e Cesare è quasi convinto che quello che c'è sul palco tra lui e il bassista non sia reale. *Non può* essere reale, se poi lo vede uscire con la lingua infilata nella gola di qualche ragazza subito dopo, maledizione.

O magari è come lui che gioca in entrambe le squadre, si dice, per cui questa sera deve tentarci come si deve.

Il locale è piccolo ma pieno di gente, tutta ammassata davanti al piccolo palco su cui si esibiranno i Disorder.

Merda, con tutta questa gente non riuscirà neanche ad avvicinarsi.

Fa una smorfia e si avvia verso il bancone del bar, ordinando una birra bionda per passare il tempo. Si guarda attorno, realizzando che a parte pochi presenti, il bar è quasi deserto, cosa che permette a lui di trovare perfino un angolino dove appoggiarsi e da cui riesce a vedere il palco alla perfezione.

Quasi quasi resta qui, che magari con un po' di fortuna a fine spettacolo Fabrizio vorrà farsi una birra, no?

Sente i ragazzi dietro al banco parlare di birre in fresco per *i ragazzi* e spera che siano quei ragazzi, quelli del gruppo.

Se anche solo riuscisse a ribeccare la tipa col caschetto sarebbe perfetto. Potrebbe attaccare a chiacchierare con lei e lei potrebbe trascinarlo dagli altri, tipo animale mitologico.

Ci pensate che s'è fatto Roma–Milano solo per sentirvi? la sente dire come presentazione.

Magari Fabrizio lo guarderebbe impressionato, gli chiederebbe come mai e lui dovrebbe ammettere che c'ha una cotta epocale per lui e la sua voce.

Magari poi lo bacerebbe per ringraziarlo della fedeltà.

Geme e si nasconde il viso tra le mani, scuotendo la testa e scacciando l'imbarazzo per una situazione puramente inventata dalla sua testa.

Ma perché deve sempre finire per rendersi ridicolo con 'sti pensieri del cazzo?

Magari davvero a Fabrizio manco gli piace il cazzo e lui è lì che già sogna di presentarlo ai suoi zii.

No, okay, ha deciso che vuole conoscerlo e provare a vedere se può... fare qualsiasi cosa. Davvero, gli basterebbe anche solo un sorriso. Deve avere un sorriso bellissimo.

Anche solo parlargli andrebbe bene, per iniziare. Visto che non sarebbe la prima volta che cerca di rimorchiare uno e poi scopre che è fascio. Una volta ha incontrato un ragazzo bellissimo, era andato a casa sua e tutto prometteva una scopata pazzesca. Cesare si era ritrovato a pecorina nella stanza di uno che teneva il busto del Duce sul davanzale e aveva come poster il fascio littorio. A posteriori c'era da farsi molte domande su quello che legava i fascisti all'omosessualità – ma come pensa lui non c'è niente di più gay dell'esercito, dopotutto – ma diciamo che se ora può evitare di farsi scopare da un fascista, quanto meno deve parlarci insieme. Però Fabrizio non gli dà quell'impressione, ecco.

Per cui si passa le dita tra i capelli, li scuote all'indietro e decide di lanciarsi in mezzo alla folla, deciso a guadagnarsi il posto in prima fila. Sgomita e ci sono un paio di ragazze che non la prendono benissimo quando le scavalca, ma ehi, è un uomo in missione.

Non ci sono transenne, il locale è un buco di culo ed è un miracolo che ci sia il palco, per cui lui come tanti altri si ritrova a poggiare direttamente le braccia sul palco. C'è anche la ragazza incinta del chitarrista e Cesare si domanda, con un attimo di sgomento, se non sia pericoloso per lei stare lì. Potrebbe venire schiacciata o peggio, per cui Cesare si sposta di lato, più vicino a lei, per controllare che nessuno la spinga contro il palco.

Un istante dopo i Disorder entrano in scena, tra le urla degli spettatori. Le luci si abbassano del tutto e Fabrizio prende del microfono e della chitarra sul cavalletto, in attesa.

"Grazie di essere qui stasera," mormora, con quella sua voce calda che è quasi pornografica. "Suoneremo il nostro EP e un paio di brani del nostro prossimo album." Aspetta che le urla entusiaste scendano e sorride. "Lo so che lo volete, bastardi. Ma vi toccherà aspettare ancora qualche mese."

Poi si volta verso il batterista, che attacca e subito dopo tutti gli altri con lui. Ormai conosce le loro canzoni a memoria, la cassetta ovviamente l'ha trovata, pure il vinile, ma ascoltarle dal vivo è tutta un'altra storia. E sebbene Fabrizio canti come un disco inciso, ci sono delle variazioni che vibrano dentro Cesare, che non resiste e si mette a ballare. Alza le braccia e si perde nella musica fino che, dopo un po', si rende conto che Fabrizio lo sta fissando mentre canta.

Sta guardando proprio lui.

Addirittura si avvicina al bordo del palco, mentre di lato il chitarrista si è inginocchiato per suonare in faccia alla sua compagna incinta. Fabrizio non fa lo stesso, ma torreggia su di lui, a gambe aperte, distogliendo lo sguardo solo quando necessario. Cesare si sente come se fosse in ginocchio in attesa che l'altro si tiri fuori l'uccello e glielo dia da succhiare.

La sensazione diventa sempre più forte quando Fabrizio abbandona la chitarra per suonare una ballad porchissima che parla di sesso. Stringe il microfono e si strofina contro l'asta, con il profilo del cazzo ben visibile dai jeans. La cosa provoca varie reazioni nel pubblico, tra cui le ragazze in prima fila che si alzano la maglietta per mostrare il seno nudo.

Ma è *Cesare* che Fabrizio sta guardando e lui si morde il labbro, legato a doppio filo a quel cantante che per la prima volta sembra averlo notato. È anche la prima volta che non ha interazioni col bassista sul palco, se è per questo, non è che la cosa lo turbi al momento.

Oh Dio, spera davvero che questa cosa si concretizzi in almeno un limone duro. Meglio ancora in una scopata porca che gli faccia sentire quel cazzo magnifico che riesce a intravedere da quei jeans attillati.

È bellissimo e Cesare vuole inginocchiarsi davanti a lui e diventare il suo primo e unico fedele.

Riesce quasi a sentire le mani di quel ragazzo sui suoi fianchi, il fiato caldo contro la bocca, la sensazione di avere quel corpo forte schiacciato contro il suo. Magari lo terrebbe fermo contro il muro per baciarlo appassionatamente, magari lo rivolterebbe di faccia per scoparselo così, con i jeans appena abbassati e uno sputo tra le natiche.

Non la sua cosa preferita da fare nella realtà, ma per una

fantasia? Oh, è il miglior sesso, rude e veloce, che lo fa sentire usato e abusato, ma in quella maniera deliziosa che solo una fantasia masturbatoria ha.

Quando finisce il concerto e Fabrizio ringrazia tutti, Cesare si sente quasi come se si fosse appena svegliato da un sogno bellissimo. Un sogno bellissimo e bagnato.

Ha un'erezione da chilo nei jeans, ma per fortuna nessuno lo nota, preso come sono tutti dall'urlare ancora e cantare.

Torna verso il bancone del bar, chiedendo un'altra birra per ammazzare il tempo e aspettare di vedere almeno gli altri della band mescolarsi al pubblico.

Vede la ragazza incinta del chitarrista infilarsi nel backstage con un saluto al tipo della sicurezza e si siede sullo sgabello ad aspettare.

Non ha ancora deciso cosa dirgli quando lo vedrà. Forse dovrebbe pensarci, no? Per non finire a fare la figura del cretino che lo fissa a bocca aperta.

Ciao?

Canti davvero bene?

Mi sono infilato le peggio cose nel culo ascoltando la tua voce? No, forse questo è meglio non dirlo. Non subito, almeno.

Magari può far passare un po' di tempo, prima di ammettere che si è ucciso di seghe a causa della sua voce.

Il mormorio attorno a lui aumenta e qualcuno fischia anche, mentre qualcun altro applaude, e Cesare alza lo sguardo per vedere Fabrizio avvicinarsi al bancone del bar insieme ai suoi compagni di band.

Sono dal lato opposto al suo, cosa che gli permette di osservarlo con una punta di libertà.

È bellissimo.

E ha un sorriso timido che gli fa sciogliere le ginocchia.

Per un attimo vede il bassista buttarsi su Fabrizio, dirgli qualcosa all'orecchio e poi andare via, ridendo e ciondolando in maniera poco sobria.

Beh, qualcuno ha cominciato a festeggiare prima del concerto.

Lo perde di vista quando si ributta nella fiumana di persone nel locale, e torna a osservare l'amore della sua vita ancora appoggiato al bancone del bar, che parla con l'altro chitarrista e la sua fidanzata.

E poi è proprio lei che lo prende per un polso e lo trascina giù dallo sgabello.

Oddio.

Oddio.

Stanno puntando lui.

Oddio.

FINE

PAROLA

CAPITOLO UNO

Milano – 1993

"Baaaaa!"

Simonetta lo guarda dal box e sorride, agitando le manine verso di lui nell'esplicita richiesta di essere presa in braccio.

Mimì, fuori al balcone, alza il viso di lato e sbuffa il fumo lontano dalla bambina.

La sua figlioccia.

Quel cretino di Luca glielo ha chiesto davvero. Nel senso proprio sul serio, gli ha detto che vuole vedere se c'è qualche avvocato o qualche notaio per mettere giù la cosa nero su bianco. Onestamente a lui fa un po' ansia, ma magari scoprono che non si può fare e al massimo la deve battezzare.

Non che Luca voglia battezzarla – o Alice. Piuttosto che *venderla* alla Chiesa, si chiuderebbero in una caverna per non uscirne più.

Simonetta dà un nuovo urlo acuto per richiamare la sua attenzione. Decisamente ha i polmoni di suo padre.

"Sì, sì, cosa c'è?"

Spegne la cicca nel posacenere appoggiato al tavolino e rientra in casa, dove la bambina continua ad allungare le braccia verso di lui, seduta in mezzo ai peluche e cubi da costruzione.

Alice è al lavoro e lui e Luca ne avevano approfittato per passare la mattina insieme, fare due chiacchiere, magari discutere di qualcosa di nuovo per il gruppo.

La verità è che da quando sono tornati dagli Stati Uniti non hanno avuto granché tempo per parlare e Mimì crede sia il caso che lo facciano.

Luca non capisce le sue ultime scelte di vita e lui ha bisogno che capisca. Non può perdere il suo migliore amico adesso che, finalmente, ha Bicio.

E Cesare.

Li ha entrambi e la cosa lo terrorizza e lo rende felice – cosa che lo confonde ancora di più. Come può provare emozioni così contrastanti nello stesso momento e non, tipo, *esplodere*?

"Cosa stai facendo a mia figlia?" domanda Luca, tornando in sala mentre si chiude i pantaloni.

"Niente, cosa vuoi che le stia facendo?" Mimì la prende in braccio, con grande delizia della bambina, che scalcia entusiasta. "Mi sono fatto una cicca mentre tu cadevi nel cesso."

"Dovevo fare la cacca, cazzo vuoi," brontola l'amico. Dà un bacino alla bambina, che tenta di dargli un morso di rimando.

La ama, sul serio.

"Sta mettendo i denti," spiega Luca. Recupera due birre e il giochino color ambra che tengono nel frigo per darglielo da mordere. "Prende a morsi tutto e tutti, sta' attento."

"Non mi morderà, tranquillo. A me vuole bene."

Luca lo guarda scettico e rifila il giochino di gomma a Simonetta, che lo addenta subito come se fosse un cosciotto di pollo.

Si siedono sul divano, con la bambina tra di loro, a bere birra in silenzio, come hanno fatto per un sacco di anni prima.

Dovrebbe dire qualcosa, lo sa, dovrebbe cominciare il discorso, parlare sul serio con Luca e dirgli cos'è successo tra lui e Bicio e Cesare – e tra lui e *lui stesso*.

Cesare dice sempre che parlare è la chiave di tutto e lui è così equilibrato e felice che deve aver ragione, non c'è altra spiegazione.

"Quindi adesso sei finocchio."

La voce di Luca lo fa quasi sussultare, ma cerca di riprendersi subito e prende un sorso di birra per mascherare il disagio.

"Non sono finocchio."

Luca lo guarda di traverso, scettico.

"Sono serio, Lù."

L'altro non risponde e lui può vedergli i calcoli apparire sulla testa come una nuvola di cose astratte. Anzi, tra un po' gli uscirà il fumo dalle orecchie e la cosa lo impressiona, perché significa che sta *davvero* pensando a cosa dire. E Luca non pensa quasi mai prima di parlare, motivo per cui vanno così bene insieme.

"Sei finocchio" conferma, piano. "Lo so. Stai con uno... con *due* uomini."

"Mi piacciono anche le donne, sai?" replica lui sulla difensiva. "Stavo con Martina."

Luca ride e sembra più un nitrito di un cavallo che una risata vera. "Per carità, Mimì! Come se te ne sia mai fregato un cazzo di Martina!"

"Ehi!"

"No, no, sono serissimo. Davvero, che tu fossi sotto per quel culo moscio di Baroni è una cosa che sapevano tutti." Luca si leva un fazzoletto dalla tasca e sfila il giocattolo di gomma dalla bocca di Simonetta. Si alza e lo lascia lì con lei, stranito, a chiedersi cosa diavolo voglia dire. Non lo sapeva nessuno che gli piaceva Bicio, è sempre stato bravo a nasconderlo. Poco dopo Luca torna con il giochino lavato e asciugato e lo agita davanti alla figlia con un sorriso, prima di rivolgere a lui un'occhiata di sfida. "Sei sempre stato un finocchio, Mimì."

La cosa, per qualche misteriosa ragione, lo offende a morte. "Smettila di dirlo, non è vero."

"Certo che è vero."

"Pure a Cesare e a Bicio piacciono le donne!"

"Ho seri dubbi."

"Ma che vuol dire?!"

Luca sbuffa e asciuga un po' di bava dalla guancia della bambina. È sempre lì con quel cazzo di fazzoletto a ripulirla, manco fosse fatta di porcellana. Non potrebbe lasciarla giocare e basta? "Scopare le donne e amarle sono due cose completamente diverse, Mimmo. Della prima sono capaci tutti. Più o meno. Forse. Nella seconda invece…"

È un discorso stupido, che lo mette in agitazione. "Ma piantala."

"Dimmi l'ultima volta che sei stato innamorato di una donna."

"Beh, sicuramente sono stato innamorato di…" Mimì si blocca, prima di dire il nome di Martina. Sa che dovrebbe dirlo, che sarebbe corretto nei suoi confronti, ma la verità è che farlo sarebbe farsi violenza da solo.

Non è che non ha mai amato Martina, anzi. Le ha voluto molto bene, gliene vuole ancora tutt'ora. Per cui perché non riesce a dirlo?

"Definisci innamorato," gracchia, sapendo di aver già perso in partenza.

Luca inarca un sopracciglio, affatto impressionato. "Qualcuna per cui hai provato le stesse cose che provi per Fabrizio. Che hai voluto con la stessa intensità."

"Perché mi fai questa domanda?"

"Perché a lui non posso farla," sbuffa l'altro. "Lui è sempre stato innamorato di te da quando ti ha visto all'asilo, probabilmente. Si è scopato donne? Sicuro."

"A bizzeffe," mormora lui. Se le ricorda pure, perché tante le ha rimorchiate lui per Bicio. Lo ha pure ascoltato scoparsi una tizia nel loro furgone, mentre lui ne aveva una sui sedili anteriori. È sicuro al cento per cento che a Bicio piaccia la figa.

Luca però non è dello stesso parere. "Ma innamorato di donne? Nah. Te sei uguale a lui."

"Questo non mi rende un finocchio," borbotta, nervoso. "Se lo fossi, mi piacerebbero solo gli uomini. Non è così."

Luca non commenta e si limita a ripulire il viso di sua figlia per l'ennesima volta. Mimì gli strappa di mano il fazzoletto, nervoso.

"Senti, è una cosa diversa, okay?" sbotta, guardandosi le mani. "Bicio è..." Sospira, frustrato. "È sempre stato lui, nessuno è mai riuscito a superarlo."

Luca lo ascolta in silenzio, bevendo la sua birra a sorsi lunghi e cadenzati.

"Ho provato a non sentire certe cose, okay? Ci ho provato sul serio. Non mi piaceva farmelo venire duro per un ragazzetto grassottello di sedici anni, che cazzo."

"Però portavi le sue compagne di scuola in camporella."

"Era diverso."

"Perché?"

"Perché–" Mimì si zittisce, non sapendo cosa rispondere.

Perché è diverso? Sedici anni per sedici anni non cambia un cazzo, solo l'ipocrisia di pensare che portarci una ragazza sia normale e volerci portare il proprio amico d'infanzia sia da malati.

"Senti, Mimmo, a me fotte un cazzo. Se vuoi scoparti Baroni, Cesare, Giacomino, non me ne frega una sega, ma non ne voglio sapere niente."

"Guarda che non voglio mica dare spettacolo."

"Sì, ma intendo pure davanti a lei. È una bambina e voglio che ne resti fuori."

Questo, lo deve ammettere, lo ferisce.

"Non farei mai niente per farle del male, Luca!"

"No, no, aspetta," Luca si tira su, mettendo le mani davanti, in difesa. "Lo so che non le faresti niente, che cazzo, ti ho scelto come suo padrino per questo!"

"Quindi cosa?"

"Non limonate davanti a lei!"

Mimì sbuffa e lo spinge per la spalla, dandogli del coglione.

"Non mi metto a farlo davanti a te, figurati se lo faccio davanti a questo scricciolo."

Le preme il naso, facendola ridere. Simonetta abbandona il suo gioco da mordicchiare e comincia ad arrampicarsi su di lui, cercando di raggiungere la sua faccia.

"Baaaaa," dice, con gli occhi enormi e concentrati.

"Ba a te, piccola."

"Simo, non rompergli le palle," la richiama Luca, cercando di toglierla di dosso. La bambina si lamenta e gli si aggrappa addosso, al punto che il padre rinuncia quasi subito, facendolo ridere.

"Che polso fermo."

"Chiudi quel cesso di bocca, non lo sai com'è avere una figlia."

"Già e non credo lo saprò mai. Non finché faccio il finocchio con due maschi, no?"

Luca annuisce, solenne. "Precisamente."

"Vaffanculo," sibila lui, decidendo di portare la propria attenzione su Simonetta. Ha letto da qualche parte che i bambini sentono molto chiaramente le emozioni di chi sta loro attorno, quindi cerca di calmarsi perché non vuole certo farla piangere. Quando lo fa è una sirena da ambulanza, per cui si accascia contro il poggiabraccia del divano e si allunga, permettendo alla bambina di usarlo come tappetino. "Ciao, Simo."

Lei fa un verso incomprensibile, tra una risata e l'ultrasuono di un delfino. Ancora non parla, articola solo suoni inconsulti e Mimì la trova molto divertente. "Ba!"

"E comunque non è una malattia infettiva" brontola, mentre

lei gli infila le dita nel naso. "Non succede niente se mi vede con loro."

"Non si sa mai."

Mimì si cava il dito della bambina dalla bocca e guarda Luca. "Guarda che non ho intenzione di stare lontano da loro perché sei improvvisamente diventato democristiano, eh."

"Cazzo dici?"

"Cosa vuoi che dica? Ok, non ti piacciono i froci! Che ti devo dire, a parte che non lo sono? E poi anche se lo fossi che ti importa? Mica è una malattia!" Mimì si tira su di scatto, tenendo Simonetta con entrambe le mani per non farla cadere. Si sta arrabbiando e non può fare niente per impedirlo, per cui deve appoggiarla da qualche parte prima di subito. "E se devi fare lo stronzo con me o con Cesare o con Bicio, forse allora è il caso che me ne vada da questa casa. Salutami Alice."

"Bibo!"

Luca chiude di scatto la bocca che aveva aperto, con crescente orrore e sgomento. "Oh no."

"Bibo!" ripete Simona, con un sorriso enorme, fissando Mimì. "Bibo! Bibo!"

"Bi… bo?" tenta lui, confuso. Cosa diavolo vuol dire?

"Non ci posso credere!" esclama Luca, disperato. "La sua prima parola non sono io ma quello stronzo di Baroni perché ti sente sempre ripeterlo!"

Oh.

Oh!

Mimì sorride, entusiasta e felice, tenendo la bambina sotto le ascelle. "Bicio?"

"Bibo!"

"Madonna, Colombo, io ti ammazzo!" sbotta Luca, cercando di riprendersi la figlia. Mimì però non glielo lascia fare e sposta la bambina di lato e lontano dalla sua presa appena in tempo, facendola ridere divertita.

"Bicio!"

"Bibo!"

"Biiiiiicio."

"Bibo! Bibobibobibo!"

Simonetta ride e scalcia, felicissima di essere al centro dell'attenzione per quella strana parola che ha imparato a dire. Non sa neanche cosa significa, ma per Mimì è la cosa più bella del mondo, davvero.

Oh Dio, quando lo dirà a Bicio e Cesare...

"Simo, lo sai dire Cesare?"

"Oh, e dai, stronzo!" sbotta ancora Luca, mollandogli un calcio sullo stinco. "Non puoi rubarmi tutte le prime parole di mia figlia!"

"Tu sta' zitto, che sta bambolina non te la meriti." Si sistema la bambina sulla gambe e richiama la sua poca attenzione catturata dal giocattolo di ambra. "Simo, di' Cesare. Ceeeeeesare."

Simonetta lo guarda con i suoi occhioni enormi e il mento tutto lucido di saliva, mentre mordicchia il giocattolo. Luca cerca di prenderglielo, forse per lavarlo di nuovo, razza di ansioso che non è altro, ma Mimì glielo impedisce per non farla distrarre.

"Ceeeeeesare."

"Mimmo, è un nome difficile, non può dirlo. Non dice neanche mamma e papà."

"Però dice Bicio."

"Ti prendo a cazzotti, quanto è vero Iddio."

Mimì lo ignora e torna a guardare la bambina, che continua a mordere e fare suoni decisamente poco euclidei.

"Lo sai dire Mimì?" prova quindi. Mimì è un nome facile, la stessa sillaba ripetuta, come mamma o papà. Può funzionare, no? "Mimì. Miiiiiiiimì"

"Miiiiiii," ripete Simonetta, urlando deliziata quando le mani di suo padre la prendono in braccio e la portano via da Mimì.

"Adesso basta, non ruberai mia figlia, Colombo!"

"Non voglio rubare nessuno, è lei che mi ama."

"Scherza pure, voglio vedere quanto riderai quando dirò ad

Alice che la prima parola della sua bambina è il nome di quel rottoinculo del tuo fidanzatino."

... ah. Cazzo.

Vabbè, chi se ne frega.

È felice, felicissimo, perché la Simo lo adora e lui adora lei. Proprio lui, Mimì, che ha avuto sempre zero pazienza con i bambini ed è sempre stato sicuro che non ne avrà mai.

Però.

Però lo sguardo scuro di Luca che stringe sua figlia mentre cerca disperatamente di farle dire "papà" invece di "Bibo" e "Miiii" non gli piace particolarmente. Forse ha fatto una cazzata?

"Vabbè, non lo sapevo che avrebbe detto Bicio," borbotta, incrociando le braccia al petto.

"Vaffanculo."

"Eddai, Luca. Sei davvero geloso di una cazzata così?"

Quando Luca rialza lo sguardo, però, c'è un luccichio sospetto nell'angolo di uno dei suoi occhi. Poi il gesto successivo è fulmineo: afferra Simonetta, la mette tra le mani di Mimì, si alza e *scappa* dalla stanza.

"Oh…" mormora, confuso, guardando la bambina. "Mi sa che abbiamo fatto arrabbiare papà?"

Simonetta smette di ridere all'istante, come se avesse capito perfettamente la gravità della situazione. Come se fosse consapevole che lo scherzo è finito e che non è andato a buon fine. Guarda anche lei la porta oltre la quale suo padre è scomparso e mormora un flebile "Pa…pa?" prima di scoppiare a piangere.

Oddio.

Di bene in meglio.

"Luca! Maledetto coglione!" esclama lui, saltando in piedi con la bambina che piange e urla. "Vieni qua!"

"No!" è la risposta che riceve dal fondo del corridoio.

"Tua figlia piange."

"Che pianga."

"Non fare lo stronzo, Luca" brontola, inseguendo l'amico all'interno della casa. "Dai, che mi sta riempiendo di moccio."

Prova a spingere la porta della camera da letto, ma farlo è impossibile perché Simo si dimena tra le sue braccia e c'è un peso che blocca la porta.

"Così impari come ci si sente. Tanto è chiaramente più figlia tua che mia."

"Oh, Cristo," geme Mimì, con le orecchie trapanate dal suono lamentoso delle frigna della bambina. "Simo? Simo! Glielo fai sentire a papà cosa hai detto prima?"

"Paaaaaaaapaaaaaaaa," urla la bambina, battendo le manine contro il legno compensato della porta. "Paaaaaaaaaaa!"

"La senti? Ti sta chiamando," dice, cercando di sovrastare le urla disperate della bambina.

Dall'altra parte della porta non sente nulla e quando è convinto di dover mettere giù Simonetta per prendere a spallate la porta e tirare la testa fuori dal culo al suo migliore amico, ecco che quella si apre e Luca compare, imbronciato e teso.

Simonetta si lancia verso di lui senza esitazione, al punto che Mimì ha la sensazione che la bambina spicchi il volo. Luca la afferra e se la stringe al petto, dandole un bacino sulla fronte sudata per il pianto.

"Va tutto bene, pagnottina, papà è qui," mormora, asciugandole le lacrime sulle guance con il pollice.

Simonetta si fionda con la faccia contro la sua maglietta e si strofina, sporcandola tutta di moccio e lacrime. Disgustoso, ma anche adorabile.

"Paaaaaaapaaaaaaa buuuuuuu," frigna ancora la bambina, aggrappandosi a lui. Luca la tiene stretta e le bacia la testolina, scivolando poi via da quel quadrato incassato nella porta per raggiungere il bagno. Mimì lo segue, gli offre uno degli asciugamani della bambina.

"Bagnalo con un po' d'acqua," lo istruisce Luca e lui esegue, prima di passarglielo di nuovo.

"Ehi, pagnottina, mi fai vedere questo musetto super bello?"
Le parla con dolcezza, spingendola con mano ferma ma gentile
ad uscire dal suo nascondiglio. Le pulisce il viso da ogni traccia di
lacrime e moccio, sorridendole quando decide che l'operazione è
conclusa. "Eccola qui la mia bambina bellissima."

Simonetta pigola qualcosa e gli afferra la faccia, schiacciandogli la bocca contro il mento e mordicchiando come faceva
prima con il giocattolo.

"Paaaaaaa."

"Sì, sono il tuo papà."

"Siete disgustosamente carini."

"Succhiamelo, Colombo," è la risposta composta dell'altro che
lo fa ridere. Tornano in salotto, con la bambina che non si stacca
dalle braccia di Luca, ma che continua a spiare Mimì con gli
occhi brillanti di pianto.

"Sei un coglione, Luca" brontola Mimì, scuotendo la testa.
"Probabilmente sei stato tu la prima parola che ha detto e manco
lo sai."

"Vaffanculo, Mimmo," è l'ennesima replica di Luca, e Mimì
sospira.

Si alza e va verso il balcone, tirando fuori il pacchetto di sigarette dalla tasca posteriore dei jeans, spalancando la finestra.

Vaffanculo, Mimmo.

Una combinazione di parole che ha sentito un po' troppe
volte, negli ultimi anni. Bicio, Cesare, ora Luca. Anche Giacomo
non è da meno e, per un attimo, inizia a chiedersi cosa ci sia di
sbagliato in lui. Forse perché prima di fare le cose non pensa mai,
forse perché è davvero come gli ha detto Cesare l'ultima volta che
hanno litigato, che lui è come le sue piante, una cazzo di
gramigna infestante che si infila in ogni anfratto. Non era tornato
a casa per una settimana.

Sul divano, Luca non dice niente, guarda solo Simonetta che
sembra essersi completamente dimenticata i nomi di Bicio e
Mimì in favore di quello del padre, come è giusto che sia. Con un

certo senso di panico, si rende conto di aver rovinato un momento importantissimo al suo migliore amico.

Lancia il mozzicone nel posacenere che Luca ha installato sul balcone per lui – perché ormai Luca non fuma proprio più da quando è nata la Simo – e rientra. "Vabbè, io vado allora."

Simonetta si è addormentata tra le braccia di Luca e questi alza giusto la testa per annuire. "Ok."

"Siamo a posto? Io e te?"

"Non lo so."

Mimì sbuffa e sgonfia le spalle. "Vabbè. Chiamami quando vuoi suonare assieme. La bambina non la portare."

"Perché?" domanda Luca, guardandolo male. "Mi sembravi entusiasta di averla in giro."

"Sì, beh. Tu non sembri felice che io piaccia a tua figlia," replica, abbassando la maniglia della porta di casa e uscendo dopo un breve saluto prima che Luca possa replicare alcunché.

CAPITOLO DUE

Le piante sono sempre state le sue migliori amiche. Prima di tutto non parlano. Che sembra una cosa brutta da dire, ma se loro stanno in silenzio, significa che non giudicano. E quindi che Mimì può raccontare loro le sue stronzate senza paura di una risposta.

Ormai però non lo fa più. È imbarazzante spiegare ai due uomini che vivono con lui che parla da solo a dei vasi di fiori.

"Ehi, ciao," dice Bicio, spuntando dalla porta finestra sul loro minuscolo terrazzino. "Quando sei tornato?"

"Mezz'ora fa," mormora, levandosi i guanti. "Cesare?"

"Ancora all'uni."

Annuisce e inizia a ripulire, ma Bicio prende una sedia dalla cucina e la mette proprio sulla portafinestra, sedendosi e sorridendogli. "Come sta Luca?"

"Incazzato. Con me."

"Wow, un notevole cambiamento. Di solito è incazzato *con me*."

"Sì, beh, questa volta è colpa mia. Cioè, e un po' colpa tua, tecnicamente–"

"Cosa? Perché? Io neanche c'ero!"

Eh. Come glielo spiega?

"Potresti essere stato la prima parola di Simonetta," dice alla fine, recuperando il pacchetto di sigarette per accendersene una.

"Io... cosa?"

Mimì tira la prima boccata di nicotina e sbuffa verso l'alto, lontano dalle sue piante e fa una smorfia. Si sente stupido a spiegare quello che è successo.

"È che stavamo parlando–"

"Tu e la Simo?"

"Io e Luca, scemo. E lei era lì che giocava e mordeva il suo coso per i denti. E poi ho detto il tuo nome e lei lo ha ripetuto. E Luca l'ha presa male e l'ha mollata lì con me e lei si è messa a piangere."

Sì, decisamente si sente stupido a raccontarlo ad alta voce. Bicio lo fissa a lungo, rubandogli poi la sigaretta dalle dita per farsi un tiro a sua volta.

"Fammi capire bene. Simonetta ha detto *Fabrizio?*"

"Bicio, più che altro. Beh," si corregge poi. "*Bibo.*"

"Oh."

"Già."

"E Luca?"

"Niente, te l'ho detto. Se l'è presa a male e mi ha mollato da solo con lei. Ma Cristo santo, è una bambina di neanche due anni, ha visto suo padre scappare e si è messa a piangere. E lo ha pure chiamato, vorrei aggiungere, ma Luca dice che gli ho rubato un momento importante e io... io forse mi sento un po' in colpa."

Si sgonfia come un palloncino, infilandosi le mani tra i capelli. Fa un casino con il bun, quindi lo scioglie per risistemarselo. Bicio gli stringe la spalla e gli sorride.

"Ehi, non è colpa tua."

"Non lo so, forse sì."

"E come potrebbe mai esserlo?"

"È che dico davvero un sacco il tuo nome," ammette in un sussurro, sentendosi arrossire tutto.

"Awn, che carino." Bicio si alza e trascina la sedia più vicino a lui, prima di rubargli un bacio.

Mimì risponde immediatamente, prima però di staccarsi con il sentore del proprio viso che va a fuoco. "La vecchia del palazzo di fronte ci vedrà."

"Chi se ne frega."

"Bicio, abitiamo a Sedriano, mica a New York."

"Pfff." L'altro ridacchia e gli stringe una mano. Un gesto più discreto. "Magari impara qualcosa. Comunque scherzi a parte, giuro che il giorno che diventiamo ricchi ti compro un giardino. O una terrazza enorme senza vecchi di merda che ci guardano."

Il pensiero, in qualche modo, è confortante. Gli piace l'idea di uno spazio tutto suo e questo che ha è la cosa più vicina all'idea che aveva. Certo, un giardino sarebbe tutta un'altra cosa, ma con quel poco che guadagnano dai concerti l'idea sembra persino irrealizzabile.

Ma un giorno… un giorno ce la faranno.

"Mi dispiace che tu abbia litigato con l'Asnaghi," mormora Bicio, accarezzandogli una guancia. "Però mi fa piacere che tu dica così tanto il mio nome. Ti amo anche io."

Mimì deglutisce, nervoso. Poi annuisce. "Sì."

"Non ti ammazza rispondere che mi ami anche tu."

"Lo sai che lo faccio."

Bicio sorride e si alza in piedi. "Lo so, ma mi piace quando me lo dici. Che ne dici di farci un tè? Così me lo puoi dire dentro, senza vecchie all'ascolto dal palazzo vicino?"

Ecco perché lo ama.

Perché Fabrizio Baroni lo conosce come le sue tasche. Conosce ogni suo stupido vezzo, ogni tic, ogni sciocco comportamento. E non lo giudica per questo. Sa che Mimì è un represso emotivo, che non ce la fa a tirare fuori quello che ha dentro, eppure è sempre lì, a tendergli la mano. Non sa se pensare che Bicio sia un idiota o solo l'amante migliore del mondo. Forse la seconda.

"Ok." Si alza e lo segue all'interno, intrecciando le dita a quelle dell'altro mentre con una mano sola cercano di mettere su il bollitore. Uno apre l'acqua, l'altro regge il contenitore. Uno accende il fuoco – che con la sinistra è difficile – e l'altro mette su il bollitore. Finiscono ad aspettare, seduti davanti al tavolo, con ancora le mani unite. "Secondo te Cesare è ancora incazzato con me?"

Bicio scuote la testa. "Ma no. È che ogni tanto sei come una grattugia."

"Lo so. Mi dispiace." Sospira. "Non voglio che questa cosa finisca per colpa mia."

"Ehi." Bicio gli accarezza una guancia. "Non dire cazzate, ok? Perché non provi a passare un po' di tempo solo con lui? Che ne so, regalagli un fiore dei tuoi?"

Ok, quella è una buona idea.

"Non ti dà fastidio?"

"Cosa?"

"Se esco io solo con lui?"

"Perché dovrebbe?"

"Non lo so," mormora lui, nervoso. "Per gelosia?" Di lui? Di Cesare? Non lo sa neanche lui, onestamente.

Bicio sbuffa una risata – ride. Sul serio, quel cretino ride delle sue ansie. Dovrebbe dargli una testata in faccia, ecco cosa.

Poi però lo prende per la nuca, lo volta e lo bacia e ogni principio di violenza in Mimì sparisce. Non è possibile che questo stronzo abbia così tanto potere su di lui.

"Quando fai così mi viene voglia di mangiarti di baci," sorride contro la sua bocca, stringendolo a sé.

"Smettila, cretino." Cerca di farsi lasciare andare, ma Bicio lo stringe anche di più e gli posa un bacio sulla guancia.

"Non sono geloso, scemo. Adoro vedere quanto vi state innamorando tu e lui e questa cosa mi... piace."

"Ti piace."

"Mi piace."

"Vuoi dire che ti eccita, maledetto porco?"

"No, voglio dire che mi rende felice. Sono felice che i miei fidanzati si amino."

"Noi non ci amiamo," brontola Mimì, con le guance che si fanno rosse per la vergogna. Di cosa, poi, non ne ha idea. Cesare gli piace davvero, sta imparando a conoscerlo sempre di più e gli piace ogni nuova cosa che scopre di lui, dai nei sulla schiena alle fisse sul fatto che il pecorino non è come il grana e che la prossima volta che Mimì prova a dire che è lo stesso lo prende a pedate.

Vuole sapere tutto di lui, vuole imparare a leggerlo come lo legge Bicio – come *lui* legge Bicio.

"Un uomo può sognare, Mimì."

Lui sbuffa e poi si alza per recuperare il tè ormai pronto. Finiscono per incastrarsi su quel divano che ha il doppio dei loro anni e che lui aveva trovato già in quell'appartamento quando ci era andato ad abitare. Avevano riso pensando che fosse pieno di mostriciattoli, scarafaggi, topi e invece tutto quello che quel divano aveva regalato lui erano state pennichelle spettacoli e sessioni di coccole da quintale con i suoi fidanzati. Oltre a una quantità di scopate assurde perché Bicio è un maiale.

"Potrei comprargli una pianta," riprende il discorso, sedendosi accanto a lui. Bicio se lo trascina addosso, schiena contro petto.

"Tu sei un sacco bravo con quelle cose."

"Pfff." Però l'idea gli rimane, per cui decide che magari va a recuperare il suo vecchio libro sul significato dei fiori e ci pensa su. "Ok, ci penso."

"Comunque tranquillo, ok?" Bicio beve un sorso del suo tè e lo guarda con quell'espressione complice che ha sempre avuto con lui. Da quando lo conosce lo guarda in quella maniera, sia che stiano per fare una cazzata tipo rubare una bicicletta a un compagno di scuola stronzo, sia per discutere di quanto sia figo l'ultimo album di David Bowie. "Per l'Asnaghi, intendo."

Mimì scuote la testa. "La fai facile, tu."

"Per te è sempre tutto difficile."

"Cosa vuoi dire?"

"Che sei emotivamente costipato." Il rumore del risucchio dalla tazza e il successivo "aaah!" fanno inarcare le sopracciglia di Mimì, ma Bicio va avanti a parlare. "Invece che avere un tappo nel culo che non ti fa cagare, te hai un tappo nel cuore che non ti fa uscire le cose che senti."

Mimì lo fissa. Sbatte le palpebre più volte, prima di aprire la bocca. "Ricordami esattamente perché ho voluto te come autore delle nostre canzoni? Perché faccio sempre in tempo a cambiare cantante. È una similitudine orrenda!"

Fabrizio scoppia a ridere e posa la tazza sul tavolino. "Ma amore, è la verità. Tutti i tuoi casini, e di rimando i miei, quelli di Cesare e di chi ti sta intorno, nascono perché hai questa abitudine di merda di non dire mai le cose che senti."

"Sono cose personali," borbotta lui.

"No. Hai questa idea del cazzo che i veri maschi non piangono. I veri maschi non parlano di sentimenti. Non ti ammazza tornare da Luca e chiedergli scusa, lo sai che gli basterà solo questo e tornerà tutto a posto." A quel punto Fabrizio gli fa una carezza sulla guancia. Con il pollice gli accarezza le labbra e poi gli scosta un ciuffo di capelli biondi dietro l'orecchio. "Se fosse per te, non saremmo qui adesso. Io e te, con Cesare. Perché ti ostini a non parlare, a voler essere a tutti i costi qualcosa che non sei. Mimì, io ti amo per quello che *sei*. Non mi importa del resto. E posso parlare anche a nome di Cesare, per lui vale lo stesso. Ti ama anche lui, solo che lui è più capace di me a dirti di andartene a fanculo quando te lo meriti e le tue idiosincrasie ti bloccano."

Non sa cosa dire.

Si arriccia nel suo abbraccio e lascia che il suo compagno si prenda cura di lui e del suo cuore costipato.

Non sa quanto restano così, acciambellati su quel divano giallo senape, ma quando Cesare torna a casa sono ancora lì, mezzi addormentati.

"Bella vita che fate," commenta secco, mettendo giù la borsa dell'università.

"Lasciaci in pace, abbiamo fatto un tour," risponde Bicio, tirandosi su e stiracchiandosi. Si allunga a posargli un bacio sulle labbra, ricevendo in cambio solo un sopracciglio inarcato.

"Perché io intanto ero in vacanza?"

"È colpa mia," mormora Mimì, prendendo le tazze ormai vuote e portandole in cucina. Le posa nel lavello. "Stavamo parlando e siamo finiti così. Ho litigato con Luca. Credo."

"Cosa? Perché?"

"Perché la Simo ha detto *Bicio*," gongola quel cretino di Bicio.

"Devo andare a parlare con lui," mormora invece Mimì, come se l'altro non avesse detto nulla. Si volta, afferra Cesare per le spalle e gli stampa un bacio sulla bocca di forza, prendendo l'altro di sorpresa. "Poi parliamo anche tu e io però intanto... mi dispiace."

Detto questo prende le chiavi di casa, quelle della macchina e va via, senza aspettare risposta. Sente appena la risata di Bicio prima che la porta si chiuda dietro le sue spalle e lui si tuffi giù per le scale.

Non ci mette che dieci minuti ad essere davanti al citofono che recita Asnaghi – Morelli ed è proprio la voce di Alice che risponde e gli apre il cancello.

È sempre lei ad accoglierlo alla porta con Simonetta in braccio, che si illumina in un sorriso splendido che gli stringe il cuore. Quella bambina lo adora e lui, francamente, crede di essere totalmente innamorato di lei. Si farebbe calpestare per quel sorrisone sdentato.

"Ehi, che bello vederti," lo accoglie Alice, posandogli un bacio sulla guancia. "Ma non eri passato oggi per stare un po' con quell'altro e vedere se si accendeva di nuovo la fiamma della passione?"

"Ah ah molto divertente. Luca dov'è?"

"È fuori a prendere la pizza, credo sarà qui a breve. Ehi, che succede?"

Ah come al solito Alice lo legge come un libro aperto – e cos'è 'sta storia che tutti lo sanno leggere ma lui non sa leggere nessuno? Quando cazzo lo hanno imparato e, soprattutto, dove cazzo era lui durante quelle lezioni?

"Niente, è che abbiamo discusso e mi sa che devo chiedergli scusa."

"Opinabile."

Alice lo prende per un polso e lo trascina in cucina, mette Simonetta nel seggiolone e prende due birre dal frigo, versandole in due bicchieri.

"Vuoi parlarne?"

CAPITOLO TRE

Piuttosto che parlare di quello che prova, Mimì si taglierebbe una gamba con un cucchiaio di plastica sbeccato. Lui è così, sempre a rimuginare nel proprio cervello, a pensare e ripensare, a rivedere come un film tutte le scelte – e gli sbagli – che ha fatto nella vita. Poi tappa tutto e mette via.

Potrebbe azzardarsi a dire che sia colpa di suo padre. Sergio Colombo è un brav'uomo, sul serio. Gli ha dato tutto e, al pari del signor Baroni, ha sempre creduto in lui e nella sua musica. È anche la stessa persona che gli comprava il gelato, estate e inverno, ogni volta che prendeva un bel voto a scuola. È quello che gli ha trovato i mille lavoretti pomeridiani che gli hanno permesso di mettersi da parte un gruzzolo per andare a vivere da solo. Certo, è lui che gli paga metà del mutuo della casa, ma può dire che suo padre ha fatto tanto per lui e, di rimando, Mimì non ha mai dato particolari problemi.

Tuttavia Sergio Colombo è anche quello che non ha mai dato pubbliche dimostrazioni d'affetto in pubblico, né a lui, né a sua madre. Tranne quando era molto piccolo, suo padre ha smesso di abbracciarlo intorno ai sette, otto anni. Da lì solo pacche sulle spalle e vari "smettila di piangere e sii uomo. I piagnistei sono per le femmine."

Ha visto i suoi genitori baciarsi davanti a lui solo una volta e per errore, rimediato immediatamente con suo padre fuggito dalla stanza e sua madre che sospirava irritata.

Per cui, per lui, il solo gesto di iniziare qualcosa verso i suoi compagni è... difficile. Complicato. Mimì è ben contento di lasciare quel lavoro ingrato a Bicio, fin troppo espansivo.

"Miiiiiiii!"

"Sì, è lo zio Mimì, brava amore. Digli di stare attento."

Mimì trasale e fissa Alice e la bambina. "Scusa. Dicevi?"

"Chiedevo: cosa ha fatto di nuovo quel picio del padre di mia figlia?"

Oh Gesù. "Niente. Lui non ha fatto niente. Non te lo ha raccontato?"

Alice si mette a ridere. "In gran dettaglio, frignando persino."

"Oh. E non sei arrabbiata? Che la prima parola di Simona sia stata Bicio? E poi io?"

"Dovrei? La mia prima parola è stata *cazzo* perché mio padre bestemmiava come un carrettiere. I bambini imparano a dire le parole che ci sentono dire più spesso. Poteva essere bicchiere. Aeroplano. Ginocchio. Chitarra. Letteralmente qualsiasi cosa." Alice si volta verso la Simo e le accarezza la testolina. "E comunque la sua prima parola è stata *papà*. Stamattina, per inciso, mentre la portavo da mia mamma per la mattinata."

"Cosa?!" esclama lui, confuso.

Il sorriso sul volto di Alice si fa ancora più grande. "Non vedevo l'ora di tornare dal lavoro per dirglielo! Ero così contenta. Stavo per dirglielo, quando sono arrivata e mi ha piantato un pippone infinito su di te, su Bicio, che due coglioni."

"Cooni," afferma Simonetta, annuendo con fare molto saggio.

"Oh no" dicono entrambi a tempo, poi Alice sospira. "No amore. Niente *cooni* per te, per favore."

"Cooni?" riprova la bambina e Alice sospira di nuovo.

"Mi sa che è finito il tempo delle parolacce davanti a questa piccola spugna."

"Voglio vederti dirlo a Bicio e Cesare che c'hanno sempre il *cazzo* in bocca," ride Mimì. Poi arrossisce quando l'amica lo guarda con fare divertito e malizioso.

"Ah sì?"

"Oh sta zitta," borbotta lui. "Maniaca."

Alice ghigna e prende un sorso di birra, mentre Simonetta continua a spostare lo sguardo dall'uno all'altra e dondolare i piedini dal seggiolone.

"Comunque sul serio, non preoccuparti per Luca, è permaloso, ma ti vuole bene. E io gli farò presente che è scemo. Ah, parli del diavolo," dice poi lei, quando sentono il suono delle chiavi che girano nella toppa della porta.

"Ali, sono a casa," si annuncia lui. Alice si alza e raggiunge la porta della cucina e Mimì li sente scambiarsi un bacio a stampo.

"Ci hai messo un po', c'era gente?"

"Tutta la cazzo di fiera degli Obej Obej. Però ho preso pure le patatine, crepi l'avarizia. " Luca si blocca appena entra in cucina e nota la sua presenza. Alice gli sfila le pizza dalle mani e gli dà un altro bacio, questa volta sulla guancia.

"Ti siedi un attimo e parli con lui?"

"Non ho niente da dirgli."

"Okay, allora puoi ascoltare me? Perché prima che partissi con la tua crisi da padre tradito avevo una cosa da dirti. Stamattina, mentre preparavo la Simo per portarla da mamma e tu dormivi le ho detto *manda un bacio a papà* e sai lei che ha fatto?"

Luca, che durante tutto il tempo aveva fissato Mimì con astio, si volta verso la compagna, confuso.

"Che ha fatto?"

"Ha detto *papà*."

"Te lo sei appena inventata."

"Asnaghi, io non mi invento proprio un cazzo."

"Cabbo!"

"Simo, no."

Mimì rimane a guardare lo scambio che segue tra Alice e Luca. Ovviamente lei non cede di un millimetro, perché è una bestia quando c'è da menare e l'Asnaghi, come sempre, alla fine cede. "Davvero?"

"Davvero."

"Ma davvero davvero?"

"Luca, ti dico di sì. Quindi per favore, puoi fare pace con Mimmo così posso bermi una birra in pace?" Alice va ad aprire il frigorifero, tira fuori un'altra bottiglietta di Nastro Azzurro, la stappa con una forchetta e ne butta giù un sorso. "Ho abbastanza problemi miei tra il lavoro, la casa e mio padre che ha pensato bene di lussarsi un mignolo perché è scivolato e sembra che questo gli impedisca di fare qualsiasi cosa. Puoi, almeno tu, non rompermi i… i… *le scatole* e risolvere questa cosa?"

L'Asnaghi rimane in silenzio a fissarla, con la bocca semiaperta e così Mimì. Una qualsiasi altra donna non avrebbe mai detto quelle cose, diamine, sua madre non si lamentava mai di niente tranne quando esplodeva in maniera pirotecnica e lo inseguiva con il cucchiaio di legno. A Mimì piace come ragiona Alice, per certi versi è molto simile a Cesare.

Non che a lui piaccia parlare dei propri problemi, sia chiaro, ma deve ammettere che l'approccio di Cesare, ovvero quello dell'ariete da sfondamento, è brutale ma evita un sacco di lamentele dopo.

"Mi dispiace per oggi," inizia lui, pensando proprio a Cesare. Ancora deve sistemarsi con lui, ma quello è un problema per il Mimì di stasera. "Volevo solo essere divertente, suppongo. Scusa."

Luca passa dal fissare la compagna, poi lui. "Mi hai appena chiesto scusa?"

"È quello che ho appena fatto."

"No, no. Non ho capito." Luca afferra la sedia e si mette davanti a lui. "Mi hai chiesto *scusa?*"

"Cosa c'è di così strano," borbotta Mimì, già sulla difensiva.

L'Asnaghi apre le braccia, come se ci fosse una grande realtà presente, ovvia e palese che solo lui, Mimì, non riesce a cogliere. "Tu non chiedi *mai* scusa! Non mi hai chiesto scusa nemmeno quando mi hai spinto giù dalla bici!"

"Avevamo otto anni."

"Appunto!"

"Non so di cosa stai parlando," borbotta lui, con le guance che diventano rosse per l'imbarazzo. "Non possiamo farla finita e basta? Ho detto che mi dispiace."

Luca lo fissa ancora per un lungo istante, poi scuote la testa e sbuffa una risata.

"Cazzo, fare il frocio ti fa bene, eh?"

"Oh frocio lo sarai te!" sbotta lui, più per abitudine che per vero astio. Si zittisce subito dopo, quando si becca gli sguardi divertiti dei suoi amici.

"Comunque," riprende Luca, schioccando la lingua. Fa cenno ad Alice di passargli la bottiglia di birra e ne prende un sorso. "Ti fermi a cena? Tanto Alice finisce sempre per avanzarla la pizza."

"La mia pizza non si tocca, Asnaghi, dagli la tua."

"Non resto, tranquilli, tenetevi le vostre pizze. Devo tornare a casa, mi aspettano."

Si alza e con lui si alza anche Alice, che lo abbraccia brevemente per poi recuperare due bicchieri e le posate per apparecchiare un minimo. Luca invece lo accompagna alla porta e solo una volta lì, quando Mimì ha già un piede sul pianerottolo, lo ferma.

"Senti... mi dispiace per oggi. Ho esagerato," ammette, grattandosi la testa, nervoso.

"Non fa niente. Io non volevo farti incazzare, davvero, è solo che mi sono fatto prendere dall'entusiasmo e..." scrolla le spalle. "Non lo so, mi sembrava una cosa fica."

"È mia figlia, ovviamente è fica."

"Sta' zitto, coglione."

Restano così per qualche istante, poi scoppiano a ridere. Mimì gli molla un pugno sulla spalla e gli fa il dito medio.

"Vabbè, me ne vado a fanculo. Hai una settimana di riposo, poi si torna in sala prove, Asnaghi, chiaro?"

"Sì sì, agli ordini, capitano. Vattene a casa e lasciami mangiare la mia pizza."

Aspetta comunque che Mimì scenda i primi gradini delle scale prima di chiudere la porta, come sempre, come faceva la signora Asnaghi quando erano ragazzini e Mimì passava i pomeriggi a casa loro a studiare – o per meglio dire ad aiutare Luca con matematica. Non è mai stato uno con il cervello per i numeri.

Torna a casa un po' più tranquillo, con il cuore decisamente più leggero, ma la testa ancora piena di pensieri sui suoi compagni. Uno in particolare.

Cesare continua a essere una sfida per lui, perché lì dove Bicio è un libro aperto a causa del tanto tempo passato insieme nell'arco della loro infanzia e adolescenza, Cesare è un mistero assoluto. Un bellissimo mistero che lui vorrebbe riuscire a risolvere un giorno.

Quando apre la porta di casa è accolto da un profumino che gli fa brontolare lo stomaco, interessato.

"Avete cucinato?" domanda, allungandosi a guardare verso i fornelli.

"T'ho fatto la frittata di patate e cipolle," dice Cesare. " E pure le zucchine trifolate."

Mimì si apre in un sorriso grato e lo abbraccia da dietro, posandogli un bacio sulla spalla.

"Come mai tutta 'sta premura?"

"Io sono sempre premuroso."

"Mh. Vero. Allora grazie." Un altro bacio sulla spalla e convince l'altro a spegnere il fuoco del fornello e voltarsi nel suo abbraccio. "Dov'è Bicio?"

"A farsi una doccia. Era un disastro."

Di solito lo è sempre dopo il sesso.

"Avete scopato?"

"Ci stavamo annoiando ad aspettare che tornassi dal tuo appuntamento romantico con Luca."

Giusto.

Loro due scopano quando lui non c'è. È del tutto normale e lui è stupido a sentirsi geloso. Di cosa, poi, non lo sa nemmeno lui. Non è che facciano le cose alle sue spalle, sia chiaro. Bicio e Cesare erano già fidanzati da ben prima che lui si mettesse in mezzo, per cui non ha un bel niente da recriminare.

Il problema, come sempre è lui. E non riesce nemmeno a dirlo.

"Capito."

Si allontana da Cesare, che lo guarda in modo strano, continuando a controllare la frittata. "Mimì? Tutto a posto?"

"Con Luca? Oh, sì. Ci siamo chiariti," risponde, aprendo l'antina del pensile per prendere i piatti. "In realtà la Simo aveva già detto la sua prima parola questa mattina e lui si è fatto un sacco di pare per nulla. Ha imparato a dire *coglioni*, ci credi?"

Cesare sorride appena, poi scuote la testa. "Sì... no, intendevo..."

"Sarà divertente quando imparerà il resto," aggiunge in fretta, non sapendo ancora come prendere il discorso tra loro. "Quei due dicono bestemmie come intercalare. Pensa alla Simo che tira un porcone alla maestra durante il primo giorno di asilo."

"Immagino. Io però intendevo se *tu* sei a posto."

Mimì si blocca, con le posate ancora in mano. Non lo guarda, ma riprende ad appoggiarle vicino ai piatti, con precisione millimetrica. Basta che siano spostate di poco per mandarlo ai matti. "Certo."

"Hai fatto una faccia strana prima."

"Non so di cosa parli."

Cesare inarca un sopracciglio. "Prima, quando ti ho detto che io e Fabri abbiamo fatto l'amore mentre ti aspettavamo."

L'amore, giusto. Loro fanno l'amore.

"Non ho detto niente."

"Non a voce."

"Senti Cesare, non so cosa vuoi che ti dica. Non ho detto o fatto niente." Passa ai bicchieri, posizionandoli di fronte ai piatti piani, esattamente a metà del cerchio. "Avete fatto bene. L'ultima volta che ho detto qualcosa, mi hai detto che sono una gramigna infestante. Per cui ok, scopate."

L'altro spegne il fuoco sotto la padella e rovescia la frittata in un piatto prima di sbatterlo in mezzo alla tavola, guardandolo male. "Ti ho già chiesto scusa per quello. Abbiamo chiarito. Hai detto che siamo a posto."

"Sicuro. Certo."

"E allora cos'hai adesso?"

"Niente."

Cesare sbuffa, schioccando la lingua contro il palato. "Madonna, Mimì! Perché sei sempre così criptico!"

"Non sono criptico, non ho fatto niente! Per una volta che non ho fatto niente, io..."

"Ma state ancora a litigare?" domanda Bicio, entrando in cucina. È nudo, il bastardo, con solo un asciugamano annodato mollemente in vita. Lui e il suo fisico che fa impazzire entrambi, la pelle ancora bagnata così come i capelli ricci che gli ricadono sulla fronte. "Dai, basta."

"È geloso perché io e te scopiamo quando lui non c'è," dice Cesare, senza mezzi termini. "Mi pare una cazzata."

"Perché è una cazzata." Bicio guarda Mimì, come se fosse scemo. "Te l'ho detto prima, io non ho problemi se..."

Mimì alza entrambe le mani, per zittirli. "Sapete cosa? Non ho più fame. E non ho voglia di discutere quando non ho nemmeno aperto la bocca per dire qualcosa. Ho solo detto che ho sistemato con Luca e lui ha deciso che sono nel bel mezzo di una crisi mistica o che cazzo ne so."

"Mimì, ti guardi allo specchio per favore e ammetti che quella è la faccia di uno in crisi? Così almeno riusciamo a risolverla prima che qualcuno di noi dica qualcosa di sbagliato."

"Tipo che sono una gramigna?"

Cesare alza le braccia al cielo, esasperato e Bicio sospira.

"Figa, non posso lasciarvi soli neanche per il tempo di una doccia," mormora quando lui gli passa accanto. Lo afferra per un braccio e Mimì se lo scrolla di dosso con rabbia – una rabbia che non sa davvero da dove venga ma che sembra voglia mangiarlo dall'interno il più in fretta possibile. Bicio lo guarda sorpreso per quello scatto improvviso e lui si blocca, nervoso.

"Mimì, fermati, dai," lo richiama Cesare con la voce piccola. "Non volevamo farti incazzare."

"Non avete fatto niente," mormora lui, abbassando il braccio che ancora teneva su.

"Però sei incazzato."

"Non lo sono, sono solo–"

Cosa?

Cos'è che è, lui?

Geloso? No, non è così. Non è geloso del tempo che Bicio e Cesare si ritagliano per loro, non è geloso di tornare a casa e trovarli a scopare – no, a fare l'amore – sul divano o sul letto o, una volta, perfino sul tavolo della cucina. Non è geloso perché vede il modo in cui, poi, lo tirano nel mezzo, lo stringono, lo fanno impazzire con quelle emozioni che gli riversano addosso.

Non è gelosia, la sua. Probabilmente non lo è mai stata.

Però non sa come definirla per davvero.

È come se avesse questa certezza granitica di essere un qualcosa in più, un'aggiunta piacevole quando c'è, ma non strettamente necessaria.

E poi c'è tutta questa cosa ridicola del fatto che si è innamorato di Cesare e non sa davvero come dirglielo – il che è ridicolo, no? Stanno insieme, vivono insieme, sono parte di una relazione, eppure ha il terrore di venir rifiutato nell'istante in cui confesserà i suoi sentimenti.

Alla fine, perché mai Cesare dovrebbe ricambiarlo? Soprattutto quando c'è Bicio con cui metterlo a confronto.

Mimì non è nulla di speciale, se messo accanto a Bicio.

È Bicio la stella, è lui l'uomo che li ha fatti capitolare entrambi ai suoi piedi senza neanche una reale volontà.

Alla fine è il motivo per cui si è attaccato a lui. Perché lo ha sempre ritenuto speciale. Bicio era la sua stella persino quando era un ragazzino grasso con quattro peli sul mento che stentavano a crescere. Che è ridicolo, perché da adolescenti tutti loro facevano schifo, anche se è certo che Cesare fosse bellissimo. Non lo sa, non lo ha mai visto.

Non riesce a dirlo, però. Le parole gli si bloccano in gola e si rifiutano di uscire. Forse un giorno lo faranno, ma non adesso. Forse non lo faranno mai.

"Sapete che c'è? Vado… voglio stare un attimo da solo."

Ha fame, ma non è il cibo che gli interessa, anche perché si sente come se dovesse vomitare da un momento all'altro. Si sente come un bambino che fa i capricci per nulla, solo che non sa come smettere di farli, per cui recupera il suo basso acustico dal gancio sul muro e si siede sul divano, aggiustando le corde. Quando è soddisfatto, inizia a suonare. Roba senza un vero motivo o senso, è più per spegnere quel costante ronzio che gli spacca il cervello in due quando va così tanto alla deriva.

Forse dovrebbe andare da un medico, chi lo sa.

"Cosa suoni?" gli domanda Bicio, fermandosi davanti al divano. Ha in mano un tramezzino e sa che lo ha fatto lui perché è tutto storto.

"Niente."

"Vuoi mangiare qualcosa? Ti ho fatto questo."

Mimì sbuffa dal naso e scuote la testa. "No, grazie."

Bicio appoggia comunque il piattino sul tavolino e, nel mentre, Cesare sbuca dalla cucina e si unisce a loro. "Io non capisco perché fai così."

"Perché magari molti di noi non amano essere messi alle

strette, Bambi,” mormora, pizzicando le corde, distratto. “Lo so che sei un grande fan del *parliamo sempre e comunque*, ma dovresti imparare quando fermarti.”

Cesare annuisce e storce la bocca. Si siede per terra, ai suoi piedi, fissando il basso. “Allora suonatemi qualcosa.”

“Preferirei suonarmi voi due,” ghigna Bicio, quel maiale maledetto e Mimì non riesce a impedirsi di sorridere. “Fate un bel suono quando…”

“Potete farlo anche senza di me,” mormora Mimì, regolando ancora una corda. “Se avete voglia.”

Bicio inarca un sopracciglio. “Mica mi serve il tuo permesso.”

A quell'uscita, Mimì smette di suonare e lo guarda. “Eh?”

“Ho detto che non mi serve il tuo permesso.” Bicio gli sfila il basso dalle mani e lo appoggia di fianco al divano, poi gli prende le mani. “Così come non mi serve il suo permesso se voglio stare con te. O te con lui. Lo sai questo, vero?”

“Lo so.”

“Lo sai che vogliamo che stai bene, sì?”

Mimì sbuffa di nuovo. “Quale parte di *non voglio parlarne* non ti è chiara? Pensavo che quello ritardato fosse l'Asnaghi.”

“L'Asnaghi si è trovato una figa pazzesca,” gli fa notare Cesare. “È tutto tranne che scemo.”

Bicio gli rivolge uno di quei suoi stupidi sorrisi enormi. “Beh, io ne ho trovati due.”

“Sì ma tu ce l'hai fatta solo perché sei bello.”

“Io non sono bello, tu lo sei. E tu,” aggiunge guardando prima Cesare e poi Mimì. “Siete fregni veri.”

Cesare lo guarda, per nulla impressionato.

“Comunque, non è questo il punto,” dice, tornando a guardare Mimì. “Lo so che non vuoi parlarne, ma è importante.”

“È importante anche accettare che *non voglio parlarne*.”

“Okay, ma come faccio ad accettarlo se poi stai male?”

“Mi passerà,” mormora, staccandosi di nuovo dal contatto con

Bicio. Distoglie lo sguardo e fissa il soffitto, nervoso. "Ho solo bisogno di tempo."

"Lontano da noi?" domanda Bicio, guardandolo con quei suoi cazzo di occhi tristi. Dio, non riesce a resistergli quando fa così.

Lui non risponde, perché l'unica cosa che dovrebbe dire – *sì* – e anche l'unica che non riesce a dire. Non sarà mai capace di allontanarsi da quei due.

"Facciamo così," mormora Cesare, alzandosi da terra per offrirgli una mano. "Vai a farti una doccia, schiarisciti le idee e quando sei pronto torna da noi, okay? Io intanto metto in caldo la cena. E quest'altro va a vestirsi."

"Ma fa caldo."

Mimì guarda la mano offerta, poi Bicio, che gli sorride incoraggiante, e accetta. Si lascia tirare su da Cesare, che sembra sempre un fuscello ma è solido e forte tanto quanto lui. Lo abbraccia anche, per un breve secondo, e gli offre le labbra per un bacio per sancire quella piccola pace. Non che stessero litigando, loro non litigano granché. È solo lo stupido cervello di Mimì che ogni tanto va in corto circuito.

Anche Bicio lo bacia, aggiungendogli anche una punta di lingua, perché è un maiale e lui lo ama da morire.

E quando socchiude la porta del bagno alle spalle si sente il cuore gonfio di tristezza e amore allo stesso tempo. Vorrebbe piangere e urlare e infilarsi le mani direttamente nel cervello per smettere di sentirsi così confuso e destabilizzato. Quindi si infila sotto la doccia e lascia che sia l'acqua a zittire i suoi pensieri e a lavar via i dubbi e le ansie che ogni tanto gli gonfiano il cuore.

Quando esce è un po' più padrone di sé, e quando torna verso la cucina, ancora umido di doccia, con un paio di pantaloncini e una camicia addosso appena aperta sul petto, trova i suoi fidanzati seduti al tavolo che chiacchierano tranquilli. Si alzano subito, però, quando lo vedono arrivare e gli sorridono. Lui sorride di rimando e accetta la mano che Bicio gli offre, così come il bacio sulla guancia da parte di entrambi.

"Forza, sedetevi," li invita Cesare, recuperando poi la loro cena.

Mimì si siede al suo posto, accanto a Bicio e di fronte a Cesare, mentre quest'ultimo prepara i piatti per tutti e, finalmente, li raggiunge.

Non dicono molto, ma per una volta non sembra sia necessario.

FINE

LE AUTRICI: DANIELA BARISONE

Daniela Barisone, classe 1986, Milano. Donna (lei/le) e queer.

Mi sono diplomata in **Fumetto e Colorazione digitale** presso la Scuola Internazionale di Comics di Torino.

Ho lavorato come redattore editoriale, editor e copertinista presso **Lite Editions** (Milano), **La Mela Avvelenata** (Milano), **Delos Book** (Milano) (con quest'ultima solo copertinista). Sono stata addetta alla gestione dei traduttori dall'inglese all'italiano ed editor presso **Dreamspinner Press** (USA).

Ho lavorato come colorista presso **Cimaza** (Belgio), **Manfont** (Italia), **Awe Edizioni** (Italia), **Stirpe di Pesce** (Italia), **OBSO/LETE** (Belgio) e **Torch - Reclaim the skies** (USA).

Ho lavorato come fumettista presso la rivista online **Oh Joy Sex Toy!**

Attualmente lavoro come traduttrice per **Quixote Edizioni** e come colorista digitale presso realtà indipendenti e **Arancia Studio**.

Nel 2019 fondo il **Lux Lab** con Juls SK Vernet, Enys LZ, Fera Pennacchioni e Chiara D'Agosto.

https://lnk.bio/queenseptienna

facebook.com/daniela.barisone
x.com/queenseptienna
instagram.com/queenseptienna
patreon.com/queenseptienna
bookbub.com/profile/daniela-barisone

LE AUTRICI: KOORIME YU

Koorime Yu, classe 1986, Napoli.

Nasco come storica, mi procuro da vivere spacciando dolci e mi diverto a scrivere pornazzi su internet dal lontano 2007.

Faccio un sacco di critica sociale e rompo i maroni polemizzando anche con gli alberi.

Il mio sogno è avere una casa abbastanza grande da poter adottare tutti i gattini d'Italia in cerca di amore.

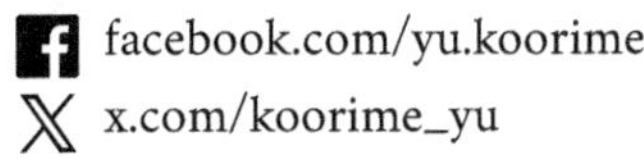

NEWSLETTER

Per avere costanti aggiornamenti sulle uscite di **Lux Lab**, ti consigliamo di iscrivervi alla nostra **newsletter: https://tinyurl. com/LuxLabNewsletter**

Iscrivendoti riceverai gli avvisi relativi agli inizi dei preorder dei nostri libri in anteprima, un reminder il giorno dell'uscita, partecipazione ai nostri giveaway e anche delle letture gratuite!

I NOSTRI LIBRI

ENGLISH BOOKS

The Devil

ENYS LZ

Villerouge

Hindsight

Parusia

CHIARA D'AGOSTO

Vento di scirocco

Skin Deep

ESTER MANZINI

Cronaca Rossa

Almost Cyrano

La valle del silenzio

Militat omnis amans - vol. 1

Militat omnis amans - vol. 2

Militat omnis amans: la serie completa

DANIELA BARISONE E KOORIME YU

Il nuovo prof

Adrenalina

Distorsioni

Fiori

Resilienza

Itaca

Frammenti

Iris

Vortice

DANIELA BARISONE E JULS SK VERNET

Pride and Knots

La scommessa

Gabbia

Ombra

SERIE: Soglie Instabili

[1] L'Agenzia – Milano

[2] L'Agenzia – Venezia

[3] L'Agenzia – Archivio

SERIE: FREAKS

[1] Through thick and thin

SERIE: JBI

[1] Just Beat it

[2] Between a rock and a hard place

[3] The broken man

[4] Freak show

[5] Love Boat

[6] Kintsugi

[6,5] Viva Vegas

[7] Stronger

[8] Deal with it

[9] Lights on

[10] Torn

[11] Cursed

[11,5] Closer

ALTRO

Self-publishing per negati

Lux to the world (raccolta di racconti)

Fiabe nere (raccolta di racconti)

The Ghost Writer

La casa di mio padre

LUX LAB

Lux Lab è un collettivo letterario composto da cinque elementi che hanno in comune l'amore per le storie belle e ben scritte.

Lux Lab è un'idea nata dalla collaborazione, dall'incoraggiamento reciproco, dalle risate e dalla condivisione.

Lux Lab è un progetto che va oltre il self publishing: il collettivo si scambia idee e opinioni, prende decisioni, interviene attivamente su testo, copertine, traduzioni e tutto ciò che riguarda la vita dei romanzi, dal momento in cui vengono concepiti a quello in cui sono messi tra le vostre mani.

Lux Lab ha un obiettivo: conquistare il mondo del romance MM a colpi di romanzi di qualità, curati nei minimi dettagli.

Lux Lab è un'unione che fa la forza, e ve lo dimostreremo. Seguiteci.

Il nostro sito:
https://luxlab.weebly.com/

NEWSLETTER: https://tinyurl.com/LuxLabNewsletter

I nostri social:
   Facebook: https://www.facebook.com/LuxLabBooks/
   Twitter: https://twitter.com/LuxLabBooks
   Instagram: https://www.instagram.com/luxlabbooks

I nostri libri: https://linktr.ee/LuxLabBooks

www.ingramcontent.com/pod-product-compliance
Lightning Source LLC
Chambersburg PA
CBHW052106150726
48002CB00006B/2242